그럼에도
불구하고
✳
힙하게
삽니다

그럼에도 불구하고 힙하게 삽니다

초판 1쇄 인쇄 2024년 7월 24일
초판 1쇄 발행 2024년 7월 30일

지은이 | 한수정
펴낸이 | 임종관
펴낸곳 | 미래북
편   집 | 정윤아
본문 디자인 | 디자인 [연:우]
등록 | 제 302-2003-000026호
주소 | 경기도 고양시 덕양구 삼원로73 고양원흥 한일 윈스타 1405호
전화 031)964-1227(대) | 팩스 031)964-1228
이메일 miraebook@hotmail.com

ISBN 979-11-92073-58-3   (03800)

그럼에도
불구하고
✳
힙하게
삽니다

한수정
지음

미래북
miraebook

행복은 늘 내 곁에 있었지만,
나를 사랑하고서야 비로소 보이기 시작했다.

남편과 사별했고, 큰 결핍을 가지고 있지만,
그 모습 그대로 나를 사랑한다.

저에게는 남편이 없습니다. 5년 전 남편이 세상을 떠났거든요. 엄청난 상실을 경험했지만, 그 후에도 저는 행복합니다. 상실 이전보다 그 후의 삶이 더 행복하다면, 거짓말이라고 생각하실지도 모르겠어요. 제가 더 행복하게 된 이유는 잘나서도 아니고, 엄청난 부나 명예를 누리게 되어서도 아닙니다. 상실 후에야 비로소 나를 사랑하게 되었기 때문입니다. 나를 사랑하는 마음은 상실이 준 선물입니다.

　남편과 사별 후, 저에게 일어난 가장 큰 변화는 저 자신을 사랑하게 된 것이고, 더불어 제 삶을 사랑하게 된 것입니다. 사람마다 품어야 할 사랑의 최소치가 정해져 있는 건 아닐까 하는 생각을 해봤어요. 나를 사랑해 줬던 사람이 세상을 떠나자, 어쩔 수 없이 그 빈자리를 메꾸기 위해 노력했고, 그 결과 나를 사랑하게 되었기 때문입니다.

영원히 채워지지 않을 것만 같은 깊고 큰 상실을 겪고 난 후 내 삶을 사랑하게 된 이 아이러니한 변화는, 내 마음과 나의 행복을 더 잘 이해할 수 있도록 했습니다. 행복은 늘 내 곁에 있었지만, 나를 사랑하고서야 비로소 보이기 시작했습니다.

이 책에서는 남편이 세상을 떠나 과부가 되었지만, 힘하게 살아가는 평범한 한 여자의 이야기를 하고자 합니다. 바로 제 이야기죠. 솔직히 말하면 이 책은 구체적이거나 전문적인 상실 극복법을 제시하지는 못할 것입니다. 제가 죽음이나 심리상담 관련 전문가도 아니고요. 상실, 그로 인한 아픔이나 고통은 그 깊이나 크기가 사람마다 다를 것이고, 그 아픔을 이겨 내는 방식, 치유되기까지의 시간도 각자가 다를 테니까요.

상실 직후의 그 절절한 시간이 지나 상실이 일상이 된 이후, 그 속에서 나를 사랑하는 법을 찾아 '당당하게, 행복하게, 자신 있게' 그리고 '힙'하게 살아가는 저의 이야기가 상실 후에 방황하고 있는 누군가, 자신을 사랑하고 싶은 누군가, 행복을 찾는 누군가에게 울림을 줄 수 있기를 바랍니다. 그리고 그 울림이 작게나마 위안이 되고, 소망이 될 수 있다면 좋겠습니다.

이 책을 덮을 때쯤에는, 때로는 상실이 자신을 더욱 사랑하게 만드는 계기가 될 수 있다는 위로와 자신의 삶을 새로운 눈으로 바라

볼 수 있는 용기를 얻을 수 있기를 바랍니다. 상실 이후의 삶에서
도 행복을 찾을 수 있기를 진심으로 바랍니다.

Contents

Chapter 1

그럼에도 불구하고,
힙하게 삽니다

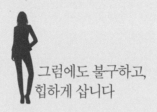

그럼에도 불구하고,
힙하게 삽니다

나는 과부다.
so what?

친구들과 브런치를 즐기던 중이었다. 인기 드라마 이야기, 아이들 이야기, 장바구니에 담아 둔 옷 이야기에 이어 남편 이야기가 나왔다.

"유일하게 해주는 집안일이 재활용 쓰레기 버리는 건데, 재활용 쓰레기 버리는 날에는 꼭 늦더라. 어제도 밤 열두 시까지 기다리다가 결국 내가 버렸잖아."

"애들 공부 때문에 고민하면 그냥 시키지 말래. 어떻게 그래?"

"일찍 오면 일찍 온다고 미리 말을 해야지, 갑자기 일찍 와서 밥 달라고 하면……."

남편과 사소하게 싸운 이야기부터 남편 때문에 스트레스를 받는다는 이야기까지, 한동안 친구들의 대화는 남편에 대한 것으로 이어졌다.

"남편을 사랑해. 그런데 좋아하기는 어려워. 속 터져."

한 친구의 말에 모두가 맞장구를 쳤다.

"맞아, 맞아."

"오죽하면 남편이 아니라 '남의 편'이라는 말까지 있겠어."

"나랑 정말 안 맞아."

남편은 세상에서 가장 가까운 사람이며, 사랑하는 존재임은 분명한데, 살다 보면 왜 점점 안 맞는다고 느끼는 걸까? 보고 있으면 가슴이 답답해지고, 좋은 말이 쉽사리 나가지 않는 이유는 뭘까? 삶이라는 전쟁터 속에서 각개전투하며 가정을 지켜내느라 마음에 여유가 없어진 탓일까? 가장 가까운 존재이기에 말하지 않아도 온전히 내 마음을 알아주기를 기대하는데, 그걸 안 해줘서 느끼는 서운함 때문인 걸까? 친구들의 이야기를 듣다 가만히 생각에 잠겨 있던 나는 문득 남편으로 인한 스트레스가 없어졌다는 걸 깨달았다.

"나는 이제 그런 스트레스는 없어."

별생각 없이 던진 말에 친구들은 일제히 무슨 말을 해야 할지 고민스러운 표정이었다. 친구들을 당황하게 할 생각은 아니었는데. 나는 최대한 자연스럽고 장난스러운 웃음을 지어 보였다. 당황하지 않아도 된다는 의미가 담긴 웃음이라는 걸 알아주기를 바라며.

그리고 덧붙였다.

"나는 남편이 없잖아."

"어우, 야! 무슨 그런 말을 해."

옆에 있던 친구가 내 등짝을 한 대 쳤다.

"사실인데 뭐."

나는 한 번 더 웃어 보였다.

"얘 때문에 못살아 진짜."

친구들이 그제야 나를 보며 웃었다.

"너는 진짜로, 힙한 과부다!"

그렇다. 나는 남편이 없다. 2024년 현재, 6년 차 과부다. 사랑하는 존재, 세상에서 가장 가까운 존재인 남편이 없어서 슬프지도, 처량하지도 않다. 슬픔이 가득 들어찼던 그리움은 그저 그리움으로만 느낄 수 있게 되었다. 이제는 오히려 남편으로 인한 스트레스가 없어서 그런 점은 좋다면서, 남편이 없다는 사실 그대로를 말하며 웃고 넘길 만한 여유가 생겼다. 남편이 세상을 떠나 내 곁에 없다는 건, 내 삶에 일어난 객관적인 상실이며, 비관할 것이 아니다.

내가 내 결핍에 대해 객관적이고 여유로운 시선을 갖고 있기에 나를 안쓰럽거나 안타깝게 보는 시선도 없지 않을까? 그렇지 않다고 해도 상관없다. 나를 향한 타인의 시선은 더 이상 나에게 중요

그럼에도 불구하고,
힙하게 삽니다

내가 생각하는 '힙하다'의 의미는
개성 있거나 멋진 걸 넘어서
내가 가진 결핍을 인정하고,
내 모습 그대로를 사랑하는 것이다.

하지 않다.

　요즘 '힙하다'는 말을 많이 사용한다. 네이버 어학사전에 따르면 힙(hip)하다는 건, 고유한 개성과 감각이 있으면서도 최신 유행에 밝고 신선하다는 걸 의미한다. 흔히 센스 있고 멋질 때 힙하다고 표현하는 듯하다. 내가 생각하는 '힙하다'의 의미는 개성 있거나 멋진 걸 넘어서 내가 가진 결핍을 인정하고, 내 모습 그대로를 사랑하는 것이다. 조금 이른 나이에 남편과 사별했고, 그로 인해 큰 결핍을 가지고 있지만, 그 모습 그대로 나를 사랑한다. 이만하면 나는 힙한 과부가 아닌가?

사랑해,
나를

친구들과 수다 중에 빵 터져서 웃다가 웃음을 거둔 적이 있다. 화려한 옷을 입고 집을 나서다가 이래도 되나 싶어 칙칙한 옷으로 갈아입은 날도 있었다. 그러다가 문득 이런 생각이 들었다. 과부면 어떤가? 나는 여전히 나다.

남편과 사별하고 과부가 된 지도 어느덧 6년 차가 되었다. 남편이 떠나던 날, 그날 이후로 그 시간에 영원히 갇혀 있게 될 줄만 알았는데, 역시나 이 세상에 영원한 건 없었다. 시간은 쉬지 않고 흘러갔다. 내 아픔 역시 시간과 함께 흘러갔고, 무뎌졌다. 물론 행복은 가만히 있는다고 내 곁에 '짠' 하고 나타나지 않았다. 이렇게 아품에 무너지기까지 부단한 노력이 있었다. 단순히 살기 위해서가 아니라 '행복하게' 살기 위한 처절한 몸부림이었다.

사람마다 느끼는 행복의 요소가 다르다. 어떤 사람은 건강이, 어떤 사람은 경제적인 여유가, 어떤 사람은 사회적인 성공이 행복의 요소일 것이다. 남편과 사별하기 전까지는 성실하게 노력한 만큼 이룬 결과와 그로 인해 타인에게서 받은 인정이 나에게 행복이었다. 타인으로부터 받은 인정이 사랑인 줄 알아서였다. 남편과 사별 후, 나에게 성취나 타인의 인정은 더 이상 중요한 게 아니다. 이제는 마음속 평온이 가장 큰 행복의 요소가 되었다.

나는 행복하다.
마음의 평온을 찾는 법을
알게 된 덕분이다.
마음의 평온은
나를 사랑하게 되면서부터
가질 수 있게 되었다.

원래 나는 내 삶을 그다지 사랑하지는 않았다. 성실한 부모님의 모습을 보며 나 역시 주어진 하루하루에는 성실한 편이었지만, 내 삶에 특별한 애정이 있지는 않았다. 별다른 생각 없이, 살아 있으니 열심히 살 뿐이었다. 딱히 하고 싶은 것도 없었고, 크게 행복하다고 느낀 적도 없었다.

남편이 세상을 떠난 후 두 아이에게 유일한 보호자가 된 나는 일년에 한 번씩은 건강검진을 받는데, 재작년 가을, 유방에 종양으로 의심되는 게 보인다고 조직검사를 받자는 소견을 받았다. 조직검사를 받던 날, 무시무시한 바늘이 가슴을 뚫고 들어갈 때조차 차분함을 유지했다. 겁이 나긴 했지만, 마취 크림을 바르고 진행된 것이라 통증이 없던 터였다. 무사히 검사를 마치고 지혈을 위해 가만히 누워있는데 불현듯 가슴속에서부터 뜨거운 무언가 올라와 목울대를 건드렸다. 울컥, 하더니 금세 눈물이 차올랐다. '내가 아프면, 나마저 떠나면 우리 애들은……'이라는 생각이 시작이었지만, 결

국은 미련이었다.

그날 나는 내 삶에 미련이 많다는 걸 깨달았다. 하고 싶은 게 어찌나 많은지. 시도하거나 도전해 보고 싶은 것이 자꾸 떠올랐다. 내가 원하는 건 뭐든 도전해 볼 수 있는, 나에게 주어진 삶이 너무 소중해서 오래도록 붙잡아 사랑해 주고 싶은 마음이 간절했다.

인간은 물을 마시지 않고 10일도 버티지 못한다고 한다. 수분이 몸 밖으로 배출되고, 배출된 만큼 다시 채워지지 않으면 느끼는 갈증은 자연스러운 욕구이자 당연한 신체적 현상이다. 물이 몸 밖으로 나간 만큼 다시 채워져야만 신체를 유지하며 살아갈 수 있다. 물과 마찬가지로 사랑 역시 우리가 끝없이 느끼는 갈증의 대상이 아닐까. 물을 채워야 신체를 유지하며 살 수 있듯, 사랑을 채워야 마음을 건강하게 유지하며 살아갈 수 있다고 생각한다.

타인에게 사랑받아 충만해졌던 마음은 나도 모르는 새 비워지기 일쑤였다. 사랑에 목마른데 채워지지 않았을 때 내 마음은 빛을 내지 못해 어두웠다. 깜박깜박, 마음속 불빛이 힘없이 깜박거리다 점차 불이 들어오는 주기가 길어지고, 결국에는 꺼져버리는 상상을 하곤 했다. 그럴 땐 불안해졌고 행복하지 않았다. 갈증을 느끼면 물을 마시듯, 불안해지면 사랑으로 마음을 채우려 했다. 사랑은 타인으로부터만 받을 수 있는 줄 알았기에 사랑을 갈구해왔다. 실력이든 매력이든, 어느 방식으로든 타인에게 인정받는 것이 사랑받는 것이라 생각했고, 인정받기 위해 끝없이 나를 채찍질하며 살아왔다.

남편과 사별 후, 나에게 일어난 가장 큰 변화는 나 자신을 사랑하게 된 것이고, 더불어 내 삶을 사랑하게 된 것이다. 나를 사랑해 줬던 사람이 세상을 떠나자, 그 빈자리를 메꾸기 위해 고민해야 했고, 그 결과 나를 사랑하게 되었다.

행복은 늘 내 곁에 있었지만, 나를 사랑하고서야 비로소 보이기 시작했다.

그럼에도 불구하고
힙하게 삽니다

이제는 마음속 평온이
가장 큰 행복의 요소가 되었다.

그럼에도 불구하고,
힙하게 산다

"너 같은 과부는 처음 봤어."

"왜? 내가 어때서?"

"큰 아픔을 겪었는데도 낙천적이야. 단단하고, 밝아."

"그래?"

"응. 너는 진짜 힙한 과부야."

남편의 부재라는 커다란 결핍이 존재하는데도 불구하고, 씩씩하게 내면과 외면을 돌보며 작은 일에서도 행복을 찾는 모습을 본 친구들은 나더러 힙한 과부라고 한다. 맞다. 내가 생각하기에도 나는 힙한 과부다.

얼마 전, 동네 친한 언니가 중요한 모임에 간다기에 내 구두를 빌

려줬다. 유명 브랜드 구두였다. 둘 중에 마음에 드는 걸로 골라서 신으라고 두 켤레를 언니네 집에 가져다 놓았는데, 그걸 본 그 집 아들이 엄마 구두 또 샀냐면서 놀랐다고 했다. 언니가 "이거 옆 라인 이모가 빌려준 거야"라고 하자, 그 집 아들이 "누가 과부가 초라하고 슬프다고 하겠어"라고 했다는 이야기에 웃음이 터졌다. 맞는 말이었다. 누가 나를 보며 과부라서 힘들겠다고 생각할까?

내가 과부가 되기 전엔, 과부의 삶은 막연하게만 떠올려 봐도 안타까웠다. 누군가의 남편이 세상을 떠났다는 이야기를 들었을 때, 떠난 고인보다 세상에 덩그러니 남겨진 아내가 걱정됐다. 삶의 동반자 내지는 버팀목이 곁을 떠나갔고, 그래서 커다란 결핍이 생겼는데 살아갈 힘을 낼 수 있을까 하는 생각에서였다.

타인으로부터의 사랑을 갈구했던 나는 능력 있고 자상한 남편에 건강하고 귀여운 두 아들, 세 남자의 충분하고 안정적인 사랑을 받으며 그것에 만족하고 완전한 행복을 느꼈으면 좋았을 텐데. 예전에는 왜 부족하게만 느껴졌을까?

어릴 땐 부모님의 사랑을 받았고, 결혼 후에는 남편의 사랑을 받았다. 완전해 보이는 삶 속에서도 내 안에는 언제나 결핍이 존재했다. 내가 나를 사랑할 줄 몰랐기에 내 마음이 온전히 채워지지 못했고, 채우기 위해 자꾸만 욕심냈다. 욕심은 자꾸만 결핍을 느끼게 했고, 마음을 궁핍하게 만들었다. 여유가 없는 마음에는 작은 자극에도 상처가 났다. 그렇게 나는 늘 불완전했다.

당연했던 존재의 상실은 어떤 것으로도 대체할 수 없는 결핍을 낳았다. 그 엄청난 결핍은 나를 불완전한 존재로 만들었다. 불완전해진 나는 불안정할 줄 알았다. 평온, 만족 그리고 행복은 기대하지도 않았다.

그런데 이상했다. 분명 나는 불완전해졌는데, 불완전하지 않았다. 채우려고 아무리 발버둥 쳐도 절대 채워지지 않았던 마음이 충만해졌다. 앞에서도 말했지만, 내 마음이 충만해진 건 나 자신을 사랑해 주면서부터였다.

상실 후에 내가 찾은 '나를 사랑하는 법'은 한 마디로 '돌봄'이다. 나는 나의 외면과 내면을 치열하게 돌보고 있다.

외면 돌봄

나는 유행에 민감하다. 트렌드 리더나 세터는 아니지만, 열정적인 팔로워다. 패션, 문학, 음악 등 유행에 빠르게 반응하고 받아들인다. 요즘 젊은이들을 MZ세대라고 부른다. 81년생인 나는 M세대에 애매하게 걸쳐 있지만, MZ로서 살아가고 싶은 마음이다. MZ세대의 문화를 자연스럽고 흥미롭게 받아들이는 덕분에 10대인 아들 그리고 아들 친구들이 나더러 엄마 같지 않고 친구 같다고 한다.

　유행하는 노래를 즐겨 들으며, 유행하는 스타일로 코디한다. 여전히 청춘의 한가운데에 있다는 마음으로 살아가기에 '자기 관리'도 열심히 한다. 특히 몸매를 열심히 관리하고 있다. 사람들은 내가 잘 안 먹는 줄 알지만, 잘 먹는다. 대식가는 아니지만, 남들 먹는 만큼은 먹고 산다. 다만, 아침은 먹지 않고 하루에 두 끼를 먹으며 식전에는 효소를 챙겨 먹는다. 최대한 많이 걷고, 주 2회 필라테스를 한다. 대단한 게 아니더라도, 이런 사소한 '돌봄'이 나를 달라 보이게 한다. 꼬질꼬질하던 아이가 세수만 해도 얼굴이 환해지는 것처럼, 메말라 가던 화분에 물을 주면 생기가 도는 것처럼.

내면 돌봄
노력형 'T'

　얼마 전에 유행했던 말 중에, "너 T야?"라는 말이 있다. 상대의 이야기나 감정에 제대로 공감해 주지 못할 때 하는 말이다.

　원래 나는 노력형 F였다(MBTI에서 사고형은 T, 감정형은 F이다). 앞서 말했듯, 스스로를 사랑하지 못했고 타인의 사랑과 인정에 목말랐기에 내 감정보다 타인의 감정에 신경 썼다. 타인의 감정에 공감해 주기 위해 노력했지만, 지금은 노력형 T가 됐다. 타인의 감정에 무조건 공감해 주기보다는 객관적으로 판단하고 반응하며 내 감정을 최우선으로 생각하고 있다. 다른 사람으로 인해 힘들어도 참기만 했던 나는 이제 힘들다고 말하거나, 관계를 정리할 줄도 알게 되었다. 그러다 보니 불필요한 감정 소모, 그로 인한 감정 노동이 많이 줄었다.

마음산책

원래는 마음이 힘들면 외면했지만, 이제는 수시로 내 마음을 들여다본다. 그리고 마음을 힘들게 하는 부정적인 생각이나 감정을 흘려보내고 있다.

결핍은 나를 완전하게 만들었다.
불완전해지고 나서야 비로소 나는
완전에 가까워졌다.

외로움은
인간의 본성

누군가를 소개해 준다는 지인의 말에 "애들 학교 간 동안 오전에 두세 시간 데이트 가능. 저녁이나 밤에는 외출 불가"라고 하자 "너는 연애할 마음이 없네"라고 했다. 연애는 절대 사절! 이런 생각은 아니다. 여자로서 사랑하고 사랑받고 싶은 순간이 없을 수는 없다. 사람이기에, 사랑을 원하는 건 어쩌면 당연한 일이니까. 그런데 당장은 내 연애보다 두 아들의 성장이 더 중요하다. 적어도 두 아이가 성인이 되기 전까지는 아이들 중심으로 맞춰진 내 일상을 바꿀 수는 없을 것 같다.

작년부터 연애하라는 이야기를 듣기 시작했다. 남편 없이 외롭지 않냐는 것이다. 외롭냐는 질문에는 선뜻 답이 나가지 않는다.

외롭기도, 외롭지 않기도 한데 뭐라고 대답해야 할까? 내가 느끼는 외로움이 남편의 부재로 인한 건 아닌데 그걸 어떻게 설명해야 할지 고민스럽다.

생각을 덜어내고 싶을 때마다 나는 무작정 걷는다. 아무 생각 없이 발걸음에만 집중하다 보면 복잡하게 뒤엉켜 마음을 어지럽혔던 생각이 비워진다.

그런데 또 이따금 걸을 때 이런저런 생각이 들어오기도 한다. 걸으며 들어오는 생각은 걷는 동안에만 이어지기에, 기꺼이 사색에 빠지게 된다.

며칠 전 이런저런 생각에 머리가 복잡해 집 근처 산으로 향했다. 발을 열심히 움직였고 머리를 복잡하게 했던 고민은 비워졌다. 그러자 새로운 생각이 그 빈자리를 비집고 들어오기 시작했다. 꼬리에 꼬리를 무는 생각이 과거에서 시작해 현재를 거쳐 먼 훗날 언젠가의 미래로까지 나를 데려다 놓았다. 현재 10대인 두 아이가 지금 내 나이보다도 더 되었을 훗날로 말이다. 그때가 되면 나는 어떤 모습일까. 백발에 주름이 가득한 얼굴이지만, 엘리베이터에서 마주칠 때마다 멋스럽게 꾸민 혼자 사는 6층 할머니 같은 모습이려나. 할머니가 된 나의 일과라고는 한 걸음 한 걸음 지팡이에 의지

해 아파트 노인 회관에 다녀오는 것뿐일까. 수시로 나를 찾으며 이래도 엄마 탓, 저래도 엄마 탓 달달 볶던 두 아들은 저 사는 게 바쁘다고 찾지도 않겠지. 하루에 몇 번씩 연락하는 친구나 가족과 그때까지도 수시로 연락하며 지낼 수 있을까. 가끔 안부나 주고받게 되지 않을까. 지금처럼 집 근처 산이나 공원에 다닐 수 있을까. 자연을 참 좋아하는 난데, 그저 창밖을 바라보거나, 집 앞 작은 화단에 있는 꽃이나 나무를 보는 걸로 만족할 수 있으려나. 기운이 없어서 어쩔 수 없이 누워서 보내는 시간이 많아지겠지. 가만히 누워 멀뚱멀뚱 천장을 바라보다가 사색에 빠지려나. 그때는 반대로 미래가 아닌 과거의 나를 회상하겠지. 그러다가 잠에 빠지기도 할 테지. 하고 싶은 건 많은데 기운이 없어서 하지 못하거나, 하고 싶은 것마저 없을 만큼 무기력해질지도. 숨은 붙어있기에 쉬고, 맛있는 게 없어도 꾸역꾸역 음식을 채워 넣겠지. 사는 게 재밌으려나. 즐거움은 있으려나. 그때도 지금처럼 나름의 행복을 찾으며 살 수 있을까.

생각의 한가운데에서 마주한 미래의 나는 처절하게 외로운 모습이었다. 남편이라도 곁에 있으면 덜 외로울까, 하는 생각이 들자 울컥했지만 이내 고개를 저었다.

나는 외롭다. 그렇지만 내가 과부라서 외로운 건 아니다. 외로움은 상실로 인한 것이 아니다.

외로움은 인간의 본성이다.
나는 인간이다.
그렇기에 외롭다.

나에게 외로움은 지속적인 감정이 아니다. 외로웠다가도 외롭지 않기도 하니까. 결혼 전, 나는 연애를 쉬지 않고 하는 사람은 아니었다. 연애할 때 외롭기도 했고, 연애를 하지 않을 때 오히려 외롭지 않은 적도 있었다. 결국 나에게 외로움은 나의 '짝'이 없다고 느끼는 감정은 아니다. 지금 내 곁에 가족과 친구가 있어서 외롭지 않지만, 그렇다고 늘 외롭지 않은 건 아니다. 소용돌이치는 어떤 감정을 누군가와 나누고 싶은 순간에 그게 되지 않으면 외로움까지 더해진다. 그런 날에는 세상에 혼자인 느낌이 들고 결국에는 외로움을 유발했던 여타 감정마저 외로움에 잠식당하고 만다. 그럴 때는 자거나, 핸드폰을 보거나, 먹거나, 밖으로 나가 걷거나, 뭐라도 하면 금세 외로움이 사그라든다. 외로움은 아무것도 하지 않고 가만히 있을 때 더 강력한 힘을 발휘하는 감정인 듯하다.

사별 후 어느 정도 아픔이 치유되고 난 이후부터 나는 열심히 나를 자각하고 있다. 나를 더 사랑해 주고 싶어서다. 외로움은 자기 자신을 자각하면 느끼지 않는다고 한다. 남들이 알아주지 않아도 자신을 잘 알면 외롭지 않다는 것이다. 그 때문인지 상실 후에 오히려 외로움을 덜 느끼는 듯하고, 이따금 외로움을 느끼지만, 그게 나를 힘들게 할 만큼은 아니다.

처음에는 나를 자각하는 방법이 뭔지 도무지 알 수가 없었다. 고민하다가 단순하게 말 그대로의 의미를 생각했다. 나를 자각하는 방법=나를 알아가기, 이렇게 말이다. 내가 나를 알아간다니, 누군가는 '당연히 아는 걸 굳이?'라고 생각할 수도 있겠지만, 나는 마흔이 넘어서야 비로소 나를 알아가기 시작했다. 세상의 기준에 따르는, 내지는 타인이 바라는 '나'가 아닌 '온전히 내가 되고 싶은 나'를 찾는 여정은 막상 시작해보니 생각만큼 어렵지 않았고 오히려 흥미로웠다. 모든 일은 시작이 가장 어려운 것 같다.

내가 누구일까, 나는 어떤 사람일까에 대한 답은 내가 좋아하는 것을 찾는 것에서부터 시작했다. 그리고 내가 좋아하는 것을 찾아 일상에서 소소하게 실행해 나갔다.

내가 누구일까,
나는 어떤 사람일까에 대한 답은
내가 좋아하는 것을 찾는 것에서부터
시작했다.

글을 쓰는 게 좋다

언제인가부터 글을 쓰는 게 좋았다. 마음에서 떠나지 않는 복잡한 감정들이 내가 뱉어내는 글자를 통해 흘러 나가는 게 신기했다. 처음에는 짤막한 글을 쓰다가, 점차 길어졌다. 그러다가 원고가 되었고, 책이 되었다. 글 쓰는 게 좋아서 매일 글을 쓰다 보니 에세이 세 권을 출간했고, 문예지 네 곳에서 소설가로 등단했다. 특별히 글쓰기에 재능이 있어서가 아니었다. 즐기는 자를 이길 수 없다고 하지 않던가. 즐거운 열정으로 꾸준히 글을 쓴 덕분에 얻은 결과였다.

걷는 게 좋다

걷는 건 어릴 때부터 좋아했다. 어릴 때는 무작정 걸었는데, 중년이 된 지금은 사색하며 걷는다. 그래서 더 좋다. 몽상에 가까운 엉뚱한 생각에 빠지는 것도 재밌고, 주로 혼자 걷기 때문에 오롯이 나 자신에게만 집중할 수 있어서 좋다. 걷고 생각하며 나를 자각하고, 나만의 철학을 만들어 가고 있다.

독서가 좋다

원래 독서를 좋아하지 않았다. 학창 시절에는 책을 좋아하지 않는 게 고민이었다. 책 읽기, 독서의 중요성은 내가 학교 다니던 시절부터 강조되었으니까. 글을 쓰다 보니 자연스레 타인의 글을 읽

고 싶어졌다. 읽은 만큼 생각도 깊어졌고, 편협했던 사고가 확장됐다. 책은 나를 찾아가는 과정 속 최고의 조언자다.

아이돌이 좋다

'덕질'을 쉬지 않고 있다. 대상이 자주 바뀌기는 하지만 덕질은 꾸준하다. 주로 아이돌을 덕질하는데, 요즘에는 아이돌마다 자체 콘텐츠가 많아 볼거리가 끊이지 않는다. 머리나 마음이 복잡해 아무 생각하고 싶지 않을 때 보면 좋다. 그들의 영상으로 눈 호강, 노래로 귀 호강하다 보면 어느새 힘들었던 감정이 사라진다. 어떤 감정이든 지속적이지 않다는 걸 알기에, 좋지 않은 감정은 빨리 흘려보내려고 한다. 부정적인 생각이나 감정에 사로잡히지 않는 나만의 방법이다.

지금껏 내가 자각한 나는 생각보다 겁이 없는 자유로운 영혼이다. 나는 부모님 말씀을 잘 듣는 착한 딸이었고, 선생님 말씀을 잘 듣는 모범생이었다. 그게 원래 내 성향인 줄 알았다. 내가 자각한 나는 효녀도 모범생도 아니고, 그 누구의 간섭도 원하지 않는 '자유 영혼'이다. (두 아들이 누구를 닮아 자유 영혼인가 했더니, 나를 닮은 것이었다!)

이런 나를 자각했다고 내 행동이나 사고방식이 눈에 띄게 달라지진 않았다. 사십 년 넘도록 이렇게 살아온 내가 갑자기 달라지긴 어려울 터다. 작게나마 바뀐 것들은 이런 것이다.

1. 부모님 말씀이 절대 진리, 거역하면 큰일 나는 줄 알았지만, (부끄럽지만 마흔 가까이 되도록 나는 이런 사람이었다) 이제는 내 판단대로, 내 의지대로 산다.

2. 본래의 내 모습을 드러내지 않고 상대가 원하는 대로 맞추기만 했지만, 이제는 나 그대로를 드러내고 산다. 기본적인 예의 없이 내 마음대로 행동한다는 게 아니라, 타인의 시선을 의식하지 않고 본연의 나를 보여준다는 말이다. 이 때문인지 최근 들어 자유 영혼 같다는 이야기를 종종 듣고 있는데, 그 말이 나쁘게

들리지 않는다.

3. 실패가 두려워 도전조차 하지 못했지만, 이제 목표가 생기면 고민 없이 도전한다.

4. 실패해도 좌절하지 않는다. 성공보다는 실패가 자연스러운 일이라는 걸 알았다.

나를
쓰담쓰담

덥고 습했던 여름이 드디어 막바지에 다다른 듯한 어느 날 저녁
이었다. 며칠 새 부쩍 시원해진 공기에 기분이 좋았고, 가을이 기
대되는 마음에 자꾸만 걷고 싶어졌다. 아침에 만 보 가까이 걸어서
다리가 아팠는데, 저녁에 또 집을 나섰다.

처음에는 별생각 없이 걸었다. 그러다가 소리가 들려오면 들었
다. 사람들의 말소리, 새 지저귀는 소리, 귀뚜라미 울음소리, 자동
차 바퀴가 아스팔트 지면에 긁히는 소리, 이어폰에서 흘러나오는
노랫소리……
귀에 닿는 소리를 들으며 동시에 눈에 보이는 걸 봤다. 가로수,
덩굴장미, 산책 나온 강아지, 하늘, 구름, 달, 별, 별처럼 보이는 위

성, 낙엽, 걸어가는 아저씨, 뛰어가는 청년, 수다 떠는 아주머니, 편의점에서 라면 먹는 학생, 손잡고 걸어가는 젊은 남녀, 아장아장 걷는 아이의 손을 잡은 아이의 엄마와 아빠……

그러면서 냄새가 나면 맡았다. 된장찌개 냄새, 고기 굽는 냄새, 빵 냄새, 흙냄새, 나무 냄새, 꽃 냄새, 가을 냄새…… 걷는 동안은 복잡한 현실은 미뤄두고 그 순간 느껴지는 감각에만 집중할 수 있어서 좋았다.

노을 지기 시작할 때쯤 걷기 시작해서 어둠이 깔린 후까지 계속 걸었다. 하늘이 다홍빛으로 물들었을 때는 그 아름다운 빛을 한없이 보며 걸었다. 하늘에 어둠이 깔리고 한동안은 내 발걸음 소리만 귀에 들어왔다. 그렇게 걷다 보니 어느새 밤이었다. 아직은 지나가는 사람이 보였고, 이런저런 소리가 들리는 아주 깊은 밤은 아니었다. 간간이 나를 비추는 가로등 아래 드문드문 나무가 보였고, 불 켜진 누군가의 집이 보였다. 그 안에서 새어 나오는 그릇 소리, 대화 소리, TV 소리가 들렸다. 그들은 저마다의 사연을 가지고, 나름의 걱정과 불안을 안고 있겠지만, 그럼에도 불구하고 각자에게 주어진 하루를 성실하게 보냈을 것이다.

"오늘 하루도 이렇게 저물어가는구나. 아무 일 없이, 이렇게 무사히 하루를 보냈구나."

왠지 이런 말을 들려주고 싶은 순간이었다. 그들에게, 나에게.

잠잠해진 하늘 아래, 덩달아 내 마음도 차분해졌다. 시원해진 공기에, 화려한 다홍빛 하늘에 들떴던 마음이 차분하게 내려앉았고, 습관처럼 마음에 품고 있는 미래에 대한 불안으로 어지러웠던 마음이 잠잠해졌다. 가만히 가슴에 손을 대봤다. 그리고 부드럽게 두드렸다. 토닥토닥. 여리게 문질렀다. 쓰담쓰담.

밤이었다. 누군가에게는 고단했던 하루의 끝, 혹은 종일 기다렸을 순간일 것이다. 누군가에게는 이 고요가 외로움이 될 터이지만, 그럼에도 불구하고 오늘 밤은 그저 평화롭기를 바랐다.

매일의 걱정과 불안이, 외로움이 있지만 그냥 이렇게 담담히 덮어두고 평안한 밤을 맞이할 줄 알게 된 나를 칭찬해 주고 싶은 밤이었다.

나 스스로를
쓰담쓰담 해줄 수 있는
여유

빛이 나는
솔로

〈나는 솔로〉, 〈솔로지옥〉, 〈환승연애〉, 〈하트시그널〉 등 연애 예능이 인기다. 연애 예능의 인기 요인은 감정이입 내지는 대리만족 때문이 아닐까 싶다. 나 역시 〈환승연애〉와 〈하트시그널〉을 시즌마다 챙겨보면서 지난 연애를 떠올렸고, 잊고 지낸 그 시절 감정에 젖었다. 남녀 사이에 '시그널'이 통해 연애를 시작하고, 사랑하고, 이별하기까지의 감정은 결혼 후에는 느낄 수 없는 감정이기에, 짜릿하고 달콤하고, 쓰라렸던 그 감정을 이십 년 가까이 잊고 지냈다. 물론 아내가, 엄마가 된 후에도 짜릿함이나 달콤함, 쓰라림을 느끼기는 했지만, 연애할 때 느낀 그것들과는 농도나 결이 다르니까.

과부가 되어 좋은 점을 굳이 찾자면 본의 아니게 다시 솔로가 되어 이제 과거에만 머물 거라고 간주했던 연애 감정을 느껴도 문제

될 것이 없다는 것, 연애에 대한 기대를 품을 수 있다는 것이다.

'돌싱'이 출연자로 등장하는 연애 프로그램도 있다. 기사나 예고편으로 돌싱의 연애 프로그램을 접했을 때 호의적이지는 않았다. 왜 굳이 방송 출연까지 해가면서 짝을 찾으려는 걸까. 특히 자녀가 있는 출연자는 왜 굳이 공개적으로 상대를 찾으려는 걸까? 〈환승연애〉나 〈하트시그널〉을 보면서는 갖지 않았던 궁금증이었다. 정작 내가 돌싱이면서, '돌아온 싱글'의 연애에 보수적이었나 보다.

재작년 이맘때쯤, 채널을 돌리다 우연히 〈돌싱글즈3〉를 보게 되었는데, 처음에는 약간의 거부감이 들었지만, 점차 출연자의 마음에 공감하게 되었다. 아이가 셋인 한 여자 출연자는 마음이 통한 상대가 있었지만, 동거 과정을 담는 프로가 아이들에게 상처가 될까 싶어 최종 선택을 포기하고 눈물을 쏟았다. 여자로서 살고 싶어 출연했지만, 엄마로 사는 삶이 우선이었기에 내린 그녀의 결정에 공감했다.

얼마 전 종영한 〈돌싱글즈4〉에서 한 남자 출연자는 돌싱이 된 이후에 소개팅 앱 세 곳에 가입했지만 결국 '짝'을 찾는 데 실패했고, 사랑을 찾기 위해 출연하게 되었다고 했다. 남녀가 서로 시그널이 통해 사랑을 나누는 건 결코 쉬운 일은 아니다. 솔로였을 때도 사랑하는 사람을 만난다는 게 쉬운 일은 아니었다. 하물며 자녀가 있는 돌싱이 사랑하는 상대를 만난다는 건 더욱 쉽지 않을 것이다. 방송 출연까지 해서 사랑을 찾겠다는 사람은 나보다 사랑 앞에 용기와 열정이 많은 사람인 듯하다.

나는 솔로다. 블랙핑크 제니는 몇 년 전, 솔로곡을 통해 "빛이 나는 솔로"를 노래했다. 본의 아니게, 그것도 갑작스럽게 솔로가 된 나는 이 노래에 위로 받았다. 단순히 솔로가 되었음에 위로가 필요했던 건 아니었다. 과부가 되고 나는 진정한 홀로서기를 시작했다. 어릴 땐 부모님께 의지했고, 결혼 후에는 남편에게 의지했지만, 이제야 비로소 내 삶을 주체적으로 살아가고 있다. 나의 본질을 찾아 나답게. 그런 의미에서 '빛이 나는 솔로'라는 한 구절의 가사는 크게 공감이 됐고, 힘이 됐다.

> 만남, 설렘, 감동 뒤엔
> 이별, 눈물, 후회, 그리움
> 홀로인 게 좋아, 난 나다워야 하니까
> 자유로운 바람처럼
> 구름 위에 별들처럼
> 멀리 가고 싶어. 밝게 빛나고 싶어.
> 빛이 나는 솔로
> _제니, solo 중에서

20대에 뒤늦은 사춘기를 겪으며 자아를 찾았고, 그것으로 끝이라고 생각했는데, 자아를 찾는 과정은 사는 동안 계속되어야 하는 듯하다.

나는 '빛이 나는 솔로'지만, 사랑을 꿈꾼다. 나의 행복에 있어 남녀 간의 사랑이 필요조건은 아니지만, 그것이 주는 달콤한 에너지가 내 행복의 충분조건임은 부정할 수 없다. 훗날 언젠가, 막연한 미래의 사랑을 기대하게 되는 것도 이 때문일 것이다. 원래 나는 상대에 맞추는 사랑을 했지만, 이제는 온전한 나로서 사랑받고 사랑하고 싶다.

나는 솔로다. 아들 둘을 가진 여자이며, 힙한 과부다. 언젠가 이대로의 나를 사랑해 줄 누군가를 만날 수 있지 않을까? 그렇지 못한다고 해도 괜찮다. 남녀 간의 사랑이 내 행복의 필요조건은 아니다. 나는 지금 이대로도 행복하다. 나는 빛이 나는 솔로니까.

그럼에도 불구하고,
힘하게 삽니다

만남, 설렘, 감동 뒤엔
이별, 눈물, 후회, 그리움
홀로인 게 좋아, 난 나다워야 하니까
자유로운 바람처럼
구름 위에 별들처럼
멀리 가고 싶어. 밝게 빛나고 싶어.
빛이 나는 솔로

_제니, solo 중에서

Chapter 2

힙한 나로
거듭나기

그럼에도 불구하고,
힙하게 삽니다

처음으로 전구를
갈던 날

넷이던 우리가 셋이 살게 된 지 두 달인가, 석 달인가 지났을 때였다.

"엄마, 엄마."

자기 전에 세수한다고 욕실로 들어갔던 첫째 아이가 다급한 목소리로 나를 불렀다.

"왜, 무슨 일이야."

"불이 안 들어와."

욕실 천장에는 형광등 전구가 네 개 있는데, 하나둘 수명을 다해가더니 마지막 네 번째 전구까지 수명을 다해 아예 불이 들어오지 않게 된 것이었다. 전구를 가는 일은 남편이 알아서 해주던 일이었기에 그때까지 한 번도 직접 전구를 갈아본 적이 없었다. 전구가 하나둘씩 수명을 다해갈 때마다, 마지막 전구는 오래 버텨주기만을 바랐는데, 결국 이렇게 수명을 다해 어둠 속에서 아이가 다급하게 나를 부르게 만들었다.

"미안해. 엄마가 전구 가는 걸 미뤄서……."

여분의 전구가 없었기에 전구를 주문하는 것이 우선이었다. '우리 집 욕실 형광등 전구는 종류가 뭐지?'에서 시작된 질문이 '전구 커버는 어떻게 여는 거지? 전구는 어떻게 가는 거지?'까지, 순식간에 머릿속에 복잡한 물음표만 가득해졌다. 마음이 급해져서였는지 다음 날 날이 밝을 때까지 기다리지 못하고, 당장 전구의 종류를 확인해야겠다는 생각이 들었다. 양손을 번쩍 들어 올렸지만, 천장까지 손이 닿지 않았다. 까치발을 해봐도 소용없었다. 식탁 의자를 가져다가 화장실 바닥에 놓고 그 위로 올라가서 섰다. 식탁 의자 위에 올라서자마자 다시 양손을 번쩍 들어 올려 형광등 커버에 손을 댔다. 순간적으로 중심을 잃은 몸이 휘청거렸지만, 반사적으로 다리를 움직여 바닥으로 착지했다. 다행히 다친 곳은 없었는데 갑자기 다리에 힘이 풀려 그대로 화장실 바닥에 주저앉았다. 어둠 속에서 멍하게 눈만 끔벅이는데 갑자기 눈물이 차올랐다. 남편의 빈자리가 느껴져서였을까, 여태 이런 것도 할 줄 몰랐던 나 자신이 한심해서였을까, 이유를 알 수 없는 눈물이 흘렀고, 그렇게 한동안 조용히 훌쩍였다.

다음 날 욕실 안으로 스며드는 햇빛에 의지해 차분하게 의자 위로 올라섰다. 조심스레 팔을 들어 올려 전구 커버를 조이고 있는 나사를 풀었다. 하나씩, 하나씩, 천천히. 마침내 나사가 모두 풀렸고, 신중하게 유리 커버를 벗겨 바닥에 내려놓았다. OSRAM DULUX L 36W/865 FPL36EX-D, 이거였다! 우리 집 화장실 전구의 종류. 신난 마음에 얼른 인터넷으로 주문을 마쳤다.

며칠 후, 주문했던 전구가 도착했다. 설레는 마음으로 전구를 하나 꺼내 의자 위로 올라섰다. 전구를 들어 올려 이리저리 움직이다가 어느 순간 아래쪽에 튀어나온 부분이 구멍에 딸깍 하고 맞춰지는 느낌이 났다. 의자에서 내려와 조심스레 스위치를 올려봤다. 전구에서 빛이 나오는 동시에 나는 환호성을 질렀다. 홀로 적막했던 집 안에 나의 환호성이 요란스럽게 퍼져나갔다. 게임을 하지는 않지만, 뭐랄까 퀘스트를 한 단계씩 깨나가다가 마침내 마지막 퀘스트를 깬 기분이었다. 하나를 성공시킨 나는 자신감이 붙어 순식간에 남은 세 개의 전구를 모두 갈았고, 유리 커버 나사를 다 끼워 넣었다. 스위치를 올리자 이번엔 눈이 부실 만큼 환한 빛이 나를 감쌌다. 그 순간 눈물이 났다. 전구를 잘 갈았다는 안도감과 뿌듯함 때문이었다. 갑작스레 이생에 덩그러니 남겨졌지만, 잘 살아내고 있다는 안도감과 뿌듯함이었다.

일상에서 성취한 작은 성공이 잘 살아갈 수 있겠다는 용기를 준

날이었다.

서툴러도

조금씩 천천히.

그렇게 나는 힙한 내가 되기 위한, 그 첫걸음을 내딛고 있었다.

서툴러도
조금씩 천천히.

아픔을 나누면
반이 된다는 거짓말

"수정아, 너 사별했어?"

첫 번째 에세이 『행복은 언제나 내 곁에 있었다』를 출간하고 얼마 지나지 않았을 때, 그러니까 남편과 사별한 지 일 년이 좀 지났을 때였다. 가끔 주고받던 연락은 끊기고, 간간이 SNS에 올라오는 사진만 보며 잘살고 있나 보다, 했던 친구에게서 연락이 왔다. 인스타그램에서 책 출간 소식은 봤는데, 뒤늦게 책을 읽었다고 했다.

"응, 나 사별했어. 일 년 조금 넘었네."

친구의 단도직입적인 질문에 잠시 망설여졌지만, 숨길 이유가 없었기에 그렇다고 답했다.

"나도 사별했거든."

예상치 못한 친구의 답에 가슴이 철렁, 하고 내려앉았다. 남편의 부고 소식을 듣던 순간만큼 깊고 큰 건 아니었지만, 그때와 비슷한 감정이었다. 놀라웠고, 당황스러웠으며, 슬펐다.

　학창 시절, 우리가 처음 만났던 때부터, 알고 지내던 그 시절 예쁘고 반짝이던 친구의 모습이 떠올랐다. 서로의 책상에 간식과 쪽지를 전하며 우정을 쌓기 시작했던 그때. 고등학교 졸업 후, 우연히 같은 대학교 교정에서 마주쳐 반갑게 인사를 나누던 그때, 헤어지면 서로에게 예쁘다고 문자를 보내주던 그때. 아주 친한 친구는 아니었지만, 그래도 서로를 좋아하고 응원하는 마음이 있던 오래된 내 친구. 그 시절, 청춘의 한가운데에 있던 우리는, 우리가 이렇게 남들보다는 조금 빨리 같은 아픔을 겪게 되리라 상상조차 못했는데…… 안쓰럽고 안타까워 눈물이 흘렀다. 여전히 내 친구는 예쁘고 반짝인다. 안쓰럽고 안타까운 마음은 현재의 우리가 아니라 과거, 그러니까 마흔도 안 된 나이에 아픔을 겪게 될 어린 두 소녀에게 느낀 것이었다.

　그 후로 우리는 서로의 안부를 묻고 근황 이야기를 나눴을 뿐, 남편과의 사별, 또 그로 인해 느낀 아픔에 대해 말하지 않았다. 더 말하지 않아도 그 아픔이, 마음이 전해졌기에. 서로 '힘내'라는 말이나 '파이팅' 같은 흔한 응원의 말조차 하지는 않았지만, 친구가 두 아이를 키우며 씩씩하게 잘 살고 있는 모습 자체가 나에게는 무엇

보다 큰 힘이 되었던 기억이 난다. 그날 우리는 아픔을 나눈 것이었을까?

아픔을 나눈 것이라기보다는 어렴풋한 공감이었다고 생각한다. 그날 느낀 공감의 농도가 깊지 않고 어렴풋했기에 더 크게 위로가 되었을지도 모르겠다. 같은 아픔을 가졌다고 해도, 사람마다 아픔을 다루는 방식, 느끼는 깊이나 결, 그 아픔을 받아들이고 치유하는 속도가 다르다. 누군가에게는 그리움이, 누군가에게는 원망이, 또 누군가에게는 슬픔이 가장 클 것이고, 누군가는 그것이 현재의 감정이지만, 누군가에게는 지나간 감정일 것이고, 다른 누군가에게는 여전히 실감하지 못하는 낯선 감정일 것이다. 같은 아픔을 나눈다는 게 어쩌면 더 어려운 일일지도 모르겠다는 생각을 해봤다.

　최근, 상실의 경험을 담은 에세이를 몇 권 읽었는데, 읽을 때마다 매번 끝까지 다 못 읽고 중간에 덮어야 했다. 같은 아픔을 겪은 사람의 이야기에 공감할 수 있을 거라 생각했고, 그래서 위로 받을 수 있을 줄 알았는데 그렇지 않았다. 오히려 마음이 힘들어졌다. 나만의 속도대로 흘려보냈던 지난 감정이 순식간에 파도처럼 몰려와 숨이 막힐 지경이었다. 세 권의 에세이를 쓰며 같은 아픔을 가진 사람에게 위로를 전하겠다던 생각은 어쩌면 나의 자만과 오산이었겠다는 생각이 들자 내 책을 읽어준 독자에게 죄송스러운 마음이 들었다.

　과연 아픔은 나눈다고 줄어들까?

　상실 후의 아픔이나 슬픔을 누군가에게 드러내고 내 안에 쌓인 감정을 표출할 수야 있겠지만, 그건 그 순간뿐, 그런다고 고통이, 아픔이 해소되는 건 아닐 터다. 온전히 나를 아는 사람은 나뿐, 누구도 내 고통을 온전히 이해할 수 없다. 신체적인 통증이나 고통을 말로 표현한다고 해도, 타인에게 정확하게 내가 느끼는 걸 전달할 수 없다. 감정은 그보다 더 이해시키기 힘든 것이다. 결국 나의 아픔은 온전히 내가 감당해야 할 몫, 다른 사람과 나눌 수 없는 것이다.

가족, 친구들이 곁에 많았지만, 상실로 인해 고통스러워하는 내 모습을 본 사람은 없다. 겉으로 드러내지 않았다. 슬픔이나 아픔 같은 부정적인 감정을 전달하는 사람이고 싶지 않았다. 직접적인 상실을 겪지 않은 주변 사람들이 나로 인해 상실 후의 감정을 간접적으로나마 느끼도록 하는 게 미안했고, 그게 나를 더 힘들게 했다.

아픔은 나누면 반이 된다는 말도 있지만, 내 생각에 아픔은 나눌 수 있는 게 아니다. 온전히 내가 감당해야 할 내 몫이며, 내가 충분히 받아들이고 소화시켜야만 치유될 수 있다고 생각한다. 혼자 아파하고 괴로워하며 덜 아프기 위해 고뇌한 덕에 지금의 내가 됐다.

내 아픔은
오롯이
나의 몫.

치유의 시작,
아픔을 마주 보기

남편이 떠나고 2개월이 지난 후부터 정신없이 글을 썼다. 당시에 과외 수업을 몇 개 맡아 했고, 밤에는 에세이를 썼다. 아픔은 묻어 두고 바쁘게 살았다. 그렇게 나는 건강하게 아픔을 잘 이겨 내고 있다고 생각했다. 두 아이도 그렇다고 생각했는데 예상치 못한 일이 터졌다. 코로나 팬데믹. 코로나로 모든 세상의 문이 닫혔고, 집에서만 생활해야 했던 두 아이. 그 기간이 길어지자 첫째 아이가 힘들어하기 시작했다. 우울해 보였고, 예뻐하기만 했던 동생을 괴롭히기 시작했다. 밖에 나가서 친구들도 만나고 몸을 많이 움직여야 부정적인 감정이 환기될 텐데, 그게 힘든 현실이었다.

전문적으로 아이의 마음을 살피고, 상처가 제대로 치유되고 있지 않다면 도움을 받아야겠다는 생각에 심리상담센터에 갔다.

"○○이 엄마가 지금 제일 힘들 텐데, 엄마부터 상담하는 게 좋을 것 같아요."

예상치 못한 상담사 선생님의 말씀이었지만, '어쩌면 가장 힘든 사람은 내가 아닐까'라는 생각이 스쳤다. 그렇게 아이 상담을 위해 찾았다가, 나도 상담하게 되었다.

상담을 통해 괜찮은 줄로만 알았던 나 역시 아픔이 제대로 치유되지 않고 있었음을 알게 되었다. 치유의 시작은 아픔을 마주 보는 것이었다. 6개월 동안 주 1회씩 상담하며 아픔을 마주 보는 훈련을 했다. 그 과정이 힘들었지만, 나를 달라지게 했다. 산책하며 사유하고, 독서하고, 글을 쓰며 단단해졌다고는 하지만, 그게 나 스스로 그렇게 된 것이라 할 수 없다.

6개월 동안 상담하고 훈련하며 상처를 방치하지 않은 나를 칭찬해 주고 싶다. 이 과정을 통해 상처를 마주 보지 않았다면, 상처는 치유되지 않았을 것이고, 지금의 나는 없었을 것이다.

상담사 선생님이 나 스스로 답을 찾도록 툭, 하고 던져준 질문들 덕분에 나만의 철학을 정립해 나가는 법을 배웠다. 많은 이야기를 나눴지만, 그중에서도 시간이 약이라는 말은 진부하지만 정말 약이 되어 아프지 않게 될 거라던 말, 불안도 습관일 뿐이라는 말이 가장 기억에 남는다.

시간이 약이라는 말

"마음에 난 상처는 어떻게 지우나요? 지우개로 지운다고 지워지는 것도 아닐 테고, 너무 아파서 지우고 싶은데 지울 수 있기는 한 걸까요? 통증을 지우지는 못하더라도 줄일 수 있는 약은 없나요?"

"방법이 없는 건 아니에요."

"정말인가요?"

"네. 상처를 지우기도, 통증을 줄이기도 하는 약이 있어요."

"그게 뭐죠?"

"시간이라는 약이에요."

"너무해요. 이렇게 아픈 사람한테 시간이 약이라는 뻔한 말을 하다니."

"제 경험상, 시간은 약이 분명 맞아요. 음. 처음 얼마 동안은 진통제였어요. 상처는 그대로였을 테지만, 죽을 듯이 아픈 통증은 줄여줬어요. 그리고 얼마의 시간을 더하니, 진통제에 수면제 역할까지 더해지더라고요. 아픔을 재워 고개 들지 못하게 해줬어요."

"시간이 약인 건 맞죠. 그런데 이건 좀 경우가 다르잖아요. 한 달이 지나도, 일 년이 지나도, 백 년, 천 년이 지나도 이 아픔은 변함없을 것 같단 말이에요."

"저도 처음엔 그랬어요. 시간이 약이라는 말, 그저 말뿐이라 생각했어요. 시간이라는 약은 신기하게도 그 역할을 바꿔 진통제였

다가 수면제이기도 했어요. 평생 갈 거로 생각해서 낫는 건 기대도
안 했던 상처가, 2년에 가까운 시간이 지나니 무뎌졌어요. 치료제
이기도 한가 봐요. 좀 오래 걸리더라도, 아픔을 치료해 주기도 하
나 봐요. 상처는 이제 치료가 되어 아물었어요. 자국이 남아있는지,
이따금 아픔이 생각나기는 하지만, 아프지 않아요."

"그 약은 어디에 가면 처방 받을 수 있을까요?"

"따로 처방 받는 곳은 없어요."

"그럼 어떻게 하면 되는 거죠?"

"살아요. 아침이 되면 눈을 뜨고, 밤이 되면 눈을 감아요. 배고프
면 먹고, 갈증 나면 물을 마셔요. 아프면 아파하고, 눈물이 나면 울
어요. 웃음이 나면 참지 말고 웃어요. 걷고 싶을 때는 걷고, 달리고
싶을 때는 달려요. 생각나면 생각해요. 그렇게 그냥 살아요. 살다
보면, 시간이 나에게 흘러요. 시간이라는 약이 흘러 진통제가 되었
다가, 수면제가 되기도 해요. 어느 날에는 치료제가 돼요."

"그냥 살면 된다고요?"

"맞아요. 사는 동안, 시간이 흐르니까요. 시간이 흐르면, 어떤 아
픔도 결국에는 무뎌질 테니까요."

오래도록 벗어날 수 없을 것만 같던 아픔도, 시간이 지나니 무
뎌졌다. 머리에 떠오르는 횟수가 줄었고, 가슴에 느껴지는 통증의

강도가 약해졌다. 무뎌진 아픔만큼, 흐릿해지는 기억만큼 남편에게 미안한 마음이 들기도 하지만, 마음에 난 상처를 줄이는 데 좋은 약은 시간만 한 건 없는 것 같다.

'지금'은 영원할 것 같지만, 인생의 여정 속에서 찰나의 순간일 뿐이다.

불안은 습관일 뿐

트라우마: 정신에 지속적인 영향을 주는 격렬한 감정적 충격. 여러 가지 정신 장애의 원인이 될 수 있다.

트라우마라는 건 나와는 거리가 먼 단어라 생각했는데, 남편이 세상을 떠난 일로 인해 나에게 붙어 버렸다. 지속해서 영향을 미치지는 않지만, 이따금 나를 격한 불안 속으로 몰아넣을 때가 있다. 소화되지 못한 채 남아있는 과거 아픔의 불순물이 내 안에 불안의 불씨를 지핀다. 그 불편하고 초조한 감정은 구체적인 형태나 대상도 없이 순식간에 내 안에서 타오르기 시작한다. 불안은 뜨거운 기세로 나를 휘저으며 일어나지 않은 일까지 상상하게 만들고, 결국에는 미래에 대한 두려움까지 만들어 낸다.

왠지 모를 불안감이 내 안에 퍼지기 시작하는 날이면 나는 자기 전에 어떤 꿈을 꾸지 않기를 기도한다. 그 꿈에 대한 구체적인 언급은 이 글에 하지 않을 것이다. 나의 글이 타인에게 괴로움으로 닿지 않기를 바라는 마음에서다.

처음으로 그 꿈을 꾸다가 잠에서 깬 날이었다. 너무나 생생했던 그 꿈에서 깬 후, 가슴을 어루만지며 마음을 진정시켜야 했다. 대체 무슨 꿈이길래 이렇게 불안한 마음이 드는지 궁금해졌고 고민 끝에 해몽을 찾아봤다. 시리거나 뜨겁거나 하던 가슴이 쿵 내려앉았다. 두려움을 느낀 나는 해몽을 무시하기로 했다. 넘어가지 않던 밥을 억지로 삼켜 가면서 말이다. 꿈을 꾸고 얼마 지나지 않아 남편이 세상을 떠났다. 그것도 갑자기.

얼마 전 이유 없는 불안을 느꼈던 밤, 나는 그 꿈을 꾸지 않기를 기도하다가 잠들었다. 그런데 그 꿈을 꾸고 말았다. 가슴이 뜨겁게 달아올라 잠에서 깼다. 눈을 번쩍 뜨고 몸을 일으킨 나는 뜨거우면서도 시린 가슴을 문질러댔다. 다시 꿈속으로 빠질까 봐 두려워 다시 눈을 감지 못한 채 어둠 속에 우두커니 앉아 심장이 가쁘게 뛰는 왼쪽 가슴만 어루만졌다. 왜 이 꿈을 꾼 거지, 누군가 또 내 곁을 떠나게 되는 걸까, 무서운 생각이 끝없이 밀려왔고, 불안 속에서 벗어날 수 없을 것만 같았다.

얼마의 시간이 흘렀을까, 심호흡을 한번 하고는 불안에 침잠되었던 내 영혼을 그 속에서 탈출시키기로 했다. 생각 전환, 그게 당장 내가 할 수 있는 일이었다. 트라우마가 나를 괴롭히기 위해 불안을 키웠고, 그 불안이 무의식에서 움직여 그 꿈을 꾸도록 했다고 생각했다. 그 꿈을 꾼 건 내 무의식 때문이다. 그러니 그 꿈을 꿨다고 해도, 그런 일은 일어나지 않을 것이다. 불안해지지 말자, 이런 생각들을 하다가 어느새 잠들었다.

다음 날 아침에 일어나 아침밥을 준비하기 위해 주방으로 나갔다. 그릇을 꺼내려는데 그릇이 바닥으로 떨어져 버렸다. 다시 불안했다. 당황스러운 마음을 진정시키며 바닥에 떨어져 깨진 그릇 조각을 치웠다. 어제 설거지를 마치고 아무렇게나 쌓아 두었던 그릇은 건조대 위에 간당간당하게 자리 잡고 있었기에 떨어질 수밖에 없었다고 생각을 정리했다.

불안을 흘려보내고 소파에 앉아 따뜻한 커피를 마셨다. 이내 마음이 차분해졌다.

불안은 경험으로 학습되어 사고에 고착되어 버린 습관이라는 걸 이제 안다. 그래서 글을 쓰거나 책을 읽거나, 산책하고 사유하며 소화시키지 못한 불필요한 기억이나 감정을 흘려보낼 수 있다. 불안의 굴레를 벗어나고자 이렇게 몸부림치다 보면, 언젠가는 트라우마가 나를 떠나갈 거라 믿는다.

불안은 과거의 아픔이나 상처가
제대로 소화되지 못한 채 쏟아지는
마음속 배설물

너의 시간
속으로

　남편이 세상을 떠난 지도 5년이 다 되어간다. 길다면 길고, 짧다면 짧은 시간인데 나에게는 그 시간이 아득하게만 느껴진다. 남편 없는 삶에 적응할 수 있을까 싶었는데, 이제는 적응하다 못해 남편이 원래 내 삶에 없었던 것처럼 느껴진다. 원래부터 이곳, 우리 집에 두 아들과 나 그리고 반려견 초코까지 이렇게 넷이서만 살아온 듯하다. 남편과 함께했던 삶이 분명 존재하지만, 존재한 적 없는 듯한 느낌. 마치 남편이 내 곁에 있던 시절 속의 나와 지금의 나는 다른 세계관 속에 존재하는 사람인 것 같다.

　"약속할게. 널 꼭 찾아낼게. 네가 어떤 시간에 있든 어떤 장소에 있든 상관없어. 우린 반드시 만날 거야. 내가 널 찾으러 갈 테니까. 너의 시간 속으로."

작년 인기리에 방영한 넷플릭스 드라마 '너의 시간 속으로'에 나오는 대사다. 다른 시간, 다른 세계관 속에 존재하는 남녀가 사랑에 빠지고, 한 사람의 죽음으로 인해 가슴 아픈 이별을 하지만, 돌고 돌아 끝내는 만나게 되는 절절한 사랑 이야기를 담고 있다. 드라마 내내 깔리는 OST '내 눈물 모아', '네버 엔딩 스토리'는 과거 언젠가로 나를 데려다 놓았고, 이유를 알 수 없는 무언가가 눈물샘을 자극했다. 과거, 가슴 시린 사랑 후 이별했을 때의 내가 내 안으로 들어왔던 걸까. 당시 가졌던 감정은 가물가물해졌고, 기억만 조각조각 남았지만 익숙한 멜로디는 지난날의 나를 소환했다. 구체적인 기억이 아닌 어렴풋한 감정이 가슴에 닿아 저릿했는데 확실한 건, 그 대상이 남편은 아니었다는 것이다(남편아, 미안). 이제는 기념해야 할지 말아야 할지 모르겠는 혼자만의 결혼기념일, 어쨌든 올해 열일곱 번째 결혼기념일을 앞두고 있다. 이쯤 되면 남편은 애틋한 사랑의 대상이라기보다는 험난한 인생길을 함께 헤쳐 나가는 전우애를 나눌 대상이 아닌가!(물론 20주년, 30주년 넘어서까지 애틋한 부부가 있을 거다.) 남편과 이 세상에서 이별하고 난 후 3주기가 될 때까지는 잊고 지낸 남편에 대한 애틋한 감정이 살아났었다. 그즈음에 이 드라마를 봤다면, 주인공에 감정 이입되어 남편이 떠나간 세계로, 그 시간 속으로 찾아 떠나는 상상을 해봤을지도 모르겠다. 그렇게라도 만나고 싶은 순간이 많았다. 불가능한 일이었기에,

그리움은 결국 슬픔이 되었다. 가슴에 장착된 슬픔이라는 감정은 이 세계에 남아있는 나의 '행복'에 침범했다. 그리움은 그저 그리움이기를, 슬픔이 되지 않기를 수없이 되뇌었고, 그렇게 스스로에게 건 주문과 시간이라는 약이 그리움도 슬픔도 희미해지도록 했다.

앞서 말한 것처럼, 이제는 남편과 함께했던 시절의 나, 이별해서 아파했던 나는 현재의 나와 다른 세계관 속에 존재하는 것 같이 느껴진다. 과거를 부정하는 것도, 외면하는 것도 아니다. 남편을 붙잡아 두는 것도 아니고, 그렇다고 억지로 잊으려 하는 것도 아니다. 사랑하는 사람과 사별 후에, 충분히 오랜 기간 애도하려는 사람도, 재빨리 현실을 살려는 사람도 있다고 한다. 나는 둘 다 아니다. 오랜 시간 그를 붙잡고 있으려 하지도 않았고, 그가 없다는 현실을 부정하지도 않았다. 억지로 잊으려 하지도 않았다. 흘러가는 대로, 자연스럽게 내 마음이 가는 대로 따랐다. 이게 내가 남편을 추모하는 방식이다.

그와 함께여서 행복했던 기억이 바람에 스치는 향기가 되어 가슴에 남았다. 그 향기가 내 마음을 스칠 때, 어떤 날에는 울컥하고, 어떤 날에는 미소 짓게 된다. 확실한 건 더 이상 아프지도, 고통스럽지도 않다는 것이다.

지나간 시간을 돌이켜 보면, 힘들었던 기억은 흐릿해지고, 좋았던 기억만 남았다. 무의식이 좋았던 기억만 선택적으로 남겨 놓는 듯하다. 남편에 대한 기억도 마찬가지다. 함께하는 세월 동안 힘들었던 기억도 있지만 행복했던 기억만 남았다. 마음이 치유되고 시간이 흐르면서 상실로 인한 아픈 감정이 더 무뎌지고 남편에 대한 기억이 점차 흐려지겠지만, 마음속에 사랑으로 남아있을 것이다. 내가 경험한 상실 때문에 남편을 아픔으로만 기억했다면 내 마음은 치유되지 못했을 것이고, 여전히 나는 고통 속에 있었을 것이다.

흘러가는 대로, 자연스럽게.
내 마음이 가는 대로.

드라마를 보는 동안 느낀 뭉클함에 대해 곰곰이 생각해 봤다. 나에게 설렘을 준 풋풋한 사랑, 가슴이 시릴 만큼 깊었던 사랑은 분명히 있다. 시간을 거슬러서라도 찾아가고 싶은 대상은 남편이 아니지만, 그렇다고 또 다른 누군가도 아니다. 지나간 추억이기에, 가슴속 어딘가에 스며든 감정이기에 때로는 이렇게 꺼내어 보고 싶은 게 아닐까.

시간을 거슬러 과거로 돌아갈 수 있다면, 사랑했던 누군가가 아니라 나를 만나고 싶다. 가슴 아파 눈물 흘리는 어린 나의 손을 꼭 잡아주며 지나간 사랑으로, 이별로 인해 슬프고 아프겠지만, 아픔이든 슬픔이든 지나고 나면 어렴풋이 떠오르는 것만으로도 뭉클할 만큼 아름다운 추억이 된다고, 그러니 울지 말라고 말해 주고 싶다.

그럼에도 불구하고,
힘하게 삽니다

그와 함께여서 행복했던 기억이
바람에 스치는 향기가 되어 가슴에 남았다.

내가 선택한
삶

웃으면 복이 온다는 말은 어릴 때부터 자주 들었다. 어릴 때는 이 말이 주는 의미를 잘 알지 못했다. 그저 어른들이 "웃어, 그래야 복이 온대"라고 말하면 억지로라도 웃음을 지어 보였을 뿐이었다. 소문만복래(笑門萬福來), 웃는 문으로 만복이 들어온다는 이 말의 의미를 마흔이 넘은 이제야, 큰 상실을 겪고 난 후에야 비로소 이해하게 되었다.

살다 보면 크고 작은 상실을 겪게 되는데, 내 의지와 별개로 일어나는 경우도 많다. 삶은 어쩌면 상실에 적응하는 과정일지도 모르겠다. 예기치 못한 상실과 마주했을 때, 그것을 불행으로 받아들이냐 하는 건 내가 선택하기 나름이라는 생각이다. 나의 행복은 내가, 내 마음가짐대로 선택할 수 있는 것이다. 웃는 얼굴, 그 미소를 담은 마음으로 긍정적으로 생각하면 상실마저도 불행이 아니다. 남편과 사별이라는 막대한 상실 후에 깨달은 것이다.

시간을 되돌려 남편이 집을 나서던 그 순간으로 돌아가는 상상을 해봤다. 그때 집을 나서는 그의 손을 붙잡았더라면, 닫히는 엘리베이터 문을 잡아 세웠다면, 그랬다면 남편의 운명이 달라졌을까?

수없이 그 순간으로 돌아가는 상상을 해본다 한들, 그가 그날 그 시간에 집을 나섰고 그날 밤에 이 세상을 떠난 건 이미 벌어진 일이며 결코 바꿀 수 없는 일이다. 내가 어찌할 수 없는 '과거'에 얽매이는 대신 나에게 주어진 '현재'에 집중하기로 했다. 남은 내 삶을 행복하게 살기로 선택한 것이다. 상실이라는 건 내 의지대로 일어나는 일이 아니겠지만, 상실 이후의 삶은 내 의지로 바꿀 수 있다고 생각했다. '왜 나에게 이런 일이?'라는 생각은 하지 않았다. 그저 운명인가 보다며 결론 내리고 나니 더 이상 '왜?'라는 의문이 들지 않았다. 이미 일어난 일이기에, 과거가 된 일에 대한 이유는 찾지 않기로 했다. 그게 내 마음을 덜 괴롭게 하는 방법이었다. 과거보다는 나의 현재에 집중하며 '왜'보다는 '어떻게' 살아갈 것인가를 생각했다. 여기서 '어떻게'는 당연히 '불행하게'가 아니라 '행복하게'였다. 그러다 보니 자연스레 내 삶을 아끼고 사랑하게 되었고,

나 자신을 사랑하기에 이르렀다.

'왜'가 아니라
'어떻게'

내가 가지고 있던 과부에 대한 이미지는 슬픔 내지는 안타까움이었다. 정작 내가 남들보다 이른 나이에 과부가 되자 사람들에게 그렇게 비치고 싶지 않았다. 상실 직후만 해도 나 자신을 사랑하지 못한 채, 타인의 시선을 의식했기 때문인데, 그 덕에 상실 이후에 행복하게 살겠다는 빠른 선택에 도움이 됐다. 가족이나 친한 친구들 앞에서조차 상실로 인한 슬픔이나 아픔을 드러내지 않았고, 즐거운 이야기만 하며 웃었다.

가족이나 친구를 만나고 돌아오는 길, 차 안에서 혼자가 되었을 때 상실을 실감했고 슬퍼했으며, 아무 일 없는 듯 웃고 떠든 내 모습에 죄책감을 느껴 괴로웠던 시간이 꽤 길었다. 가면을 쓴 내 모습이 가식적이고 이중적이었다고 해도, 그렇게 하루를 버티며 괜찮다고 주문을 걸었다. 고통의 늪에 빠지지 않기 위한 몸부림이었다.

다행스럽게도 시간은 쉬지 않고 흐르고 흘렀다. 이제 남편과 함께한 좋은 기억은 아름다운 추억으로 남았고, 상실 후 아팠던 기억은 내가 성장할 수 있는 자양분이 되었다.

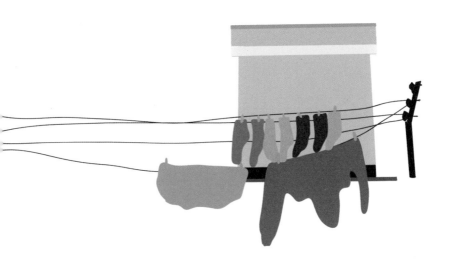

며칠 전, 서류를 정리하고 책상 서랍에 넣다가 손가락에 상처가 났다. 종이를 뚫고 삐져나왔던 스테이플러 심이 중지를 깊게 찔렀다. 피가 철철 흘러내릴 만큼 꽤 길게 찢어진 듯했다. 재빨리 흐르는 물에 헹구고 상처 부위를 압박해 지혈했다. 피가 멎은 후에 연고를 바르고 거즈로 상처 부위를 감싼 후 반창고로 감았다. 상처 부위가 벌어지지 않도록 단단하게 감았다. 다음 날에는 상처가 조금 아물기 시작했고, 그다음 날에는 간단하게 밴드만 붙여도 될 만큼이 되었다. 닷새가 지난 오늘은 여린 흔적만 남았다. 상처 입은 순간 느낀 고통에 당황해 상처를 그대로 방치했다면, 더 깊은 상처가 났을 것이고, 그만큼 상처가 치유되기까지 시간도 더뎠을 것이다.

나는 상실의 고통에 빠지지 않도록 선택을 서둘렀고, 치유를 위해 고민하고 노력했다. 덕분에 상실이 내 삶을 흔들 만큼 치명적인 상처로 남지는 않았다.

나에게만
절대적인 아픔

"어려움 없이 산 티가 나요. 소설 속에 큰 갈등이 없고 등장인물이 맑아요."

지난 2년간 소설가의 꿈을 품고 소설 수업을 들었는데, 내 소설에 대한 피드백은 주로 이랬다. 어릴 때부터 온실 속의 화초 같다는 이야기를 종종 듣기는 했다. 예전에는 별생각이 없었는데, 최근 들어 이런 이야기를 듣는 게 썩 좋지 않다. 애초에 어려움 없는 삶이라는 게 존재할 수 있을까? 나는 어려움 없이 산 게 아니고 영혼이 순수하고 맑은 것, 그뿐이다.

'마흔도 안 된 나이에 졸지에 과부가 되었는데, 어려움 없이 살았다고?' 이런 생각은 아니다. 비록 내 신세는 과부가 되었지만, 그래서 어려움이 있지만, 내 처지를 비관하거나 낙담하지 않고 씩씩하게, 잘살고 있기는 하다. 당장 죽고 사는 문제, 먹고 사는 문제에 직면한 건 아니다. 누군가는 나를 보며 배부른 소리 한다고 생각할지 모르겠다. 엄살이라고 생각할 수도 있을 것이다.

내가 남편과 사별한 지 얼마 안 됐을 때, 남편의 외도로 이혼을 고민하던 지인이 "너는 당장 직면하고 해결해야 할 문제를 가진 건 아니고, 갈등의 상대를 마주해야 하는 건 아니니까. 나보단 낫잖아"라기에, 얼떨결에 "그렇기는 하지"라고 답했다. 그러고서 혼자 고민에 빠졌다. 지인의 아픔 그리고 나의 아픔, 둘 중에 누구의 아픔이, 누구의 고통이 더 큰 걸까? 저마다의 삶 속에 품고 있는 고난, 고통이 타인의 것과 비교 대상이 될 수 있는 걸까?

뒤늦은 사춘기를 겪느라 어두웠던 이십 대를 빼면, 난 긍정적인 사람이었다. 잘 웃고 수다스러웠으며 어지간한 일에는 좌절하지 않았다. 괴롭고 힘든 일이 있으면 더 고민하지 않고 그냥 자버렸다. 아침이 되면, 상황이 달라지는 건 아니었지만, 부정적인 감정은 사라지곤 했다. 그래서 더 힘든 게 없는 사람처럼 보였을지도 모르겠다.

지금은 퇴직하셨지만, 대학병원 교수였던 아빠, 화목한 가족의 모습까지 겉으로 보기에는 내 삶에 어려움이 없어 보였을 거다. 친정아버지가 자세한 이야기를 하는 건 원하지 않기에 글에 언급할 수는 없지만, 우리 가족은 지난 몇십 년간 말하지 못할 고통 속에 있었다(이 고통은 '남겨진 국가유공자 후손으로서 겪은 아픔' 정도라고만 말하겠다). 가족은 유대적 관계이기 때문에 가족 중 한 사람이 아프면 연쇄적으로 가족 전체가 아플 수밖에 없었다. 나는 왜 유난히 불안이 높은 사람일까 고민했던 적이 있었는데 남편과 사별 후 심리상담을 다니면서 그 원인을 찾았다. 나의 불안은 어릴 때부터 겪어온 그 '아픔'에서 시작된 것이었다. 가족 모두가 불안증을 달고 살 만큼 힘들었지만 서로 외면했던 것 같다. 각자의 삶을 살아내야 했으니까. 나 역시 아픈 부분은 외면하면서 그렇게 살았다. 긍정적이고 씩씩하게.

여전히 누군가는 내가 말하는 아픔이나 고난에 대해 냉소적으로 생각할지도 모르겠다. 엄청난 부를 누린 건 아니었지만, 밥을 굶어야 하는 처절한 가난에 처한 것도 아니었고, 부모님의 사랑을 받고 자란 건 사실이니까. 남편이 세상을 떠나 과부가 되었고, 그로 인한 아픔이 분명 존재하지만, 그렇다고 그 상실 때문에 경제적으로 어려움을 겪고 있는 건 아니니까.

내가 가진 아픔은 나에게는 '절대적인 것'이기에, 타인의 기준으로 아픔이나 고통이 아니라고 할 수는 없다고 생각한다. 각자가 가진 아픔이나 고난은 각자에게는 '절대적인 것'이며 다른 이의 것과는 비교할 수 없는 것이다.

행복하지 않다는 건, 불행하다는 걸 의미할까? 어둡지 않다는 건, 밝다는 걸 의미하는 것일까? 내 아픔이 제일 크다면, 다른 사람의 아픔은 아픔이 아닌 걸까? 이런 이분법적인 사고로 판단할 문제는 아니라는 것이다.

남편과 사별한 지 얼마 지나지 않았을 때, 심리상담을 통해 사별의 아픔을 제대로 치유하려면, 아픔을 제대로 마주 보고 그것을 그대로 인정해야 한다는 걸 알게 되었다. 아파서 감추려고만 했던 사별의 아픔을 인정했다. 어떤 종류의 것이든 아픔을 제대로 마주 보고 인정한 건 그때가 처음이었다. 당시에 나는 아픔을 인정했을 뿐아니라, 더 나아가 내 아픔이 누구의 것보다 가장 크다는 결론으로까지 도달했었다. 수많은 고난과 아픔을 가진 사람 중에서, 내가 가장 아프고 힘든 사람이라고 인정하자 비로소 아픔이 치유되기 시작했다. 그즈음에 친정엄마와 사별한 지 일 년 정도 된 지인과 통화를 했다.

"엄마와 사별한 지 일 년도 안 됐으니까, 저는 여전히 엄마를 놓지 못하고 있어요. 그래서 너무 아프거든요. 그런데 다른 사람들은 그 아픔에 조금 무뎌진 것 같아요. 저는 그게 너무 서운해요."

나는 아무 말도 할 수 없었다. 그저 들어줄 뿐이었다. 당시 나는, 내가 이 세상에서 가장 힘든 사람이었다.

'내가 더 힘들어요.'

마음속으로만 되뇌었다. 통화를 마치고 한동안 가만히 앉아 있다가 문득 친정엄마와 조금 이른 이별을 한 그녀의 아픔은, 그녀에게는 '절대적인 것'이겠다는 생각이 들었다. 당시 내가 가진 아픔이 제일 큰 것이었지만, 그건 나에게만 그렇다는 걸 깨달았다. 남편과 사별 후 나에게 닿은 아픔은 다른 사람의 아픔과 비교할 수 있는 게 아니었다.

나의 아픔은
나에게만
절대적인 것

이 세상에 영원한 건 없다. 그래서 얼마나 다행인지 모르겠다. 내가 가진 절대적인 아픔 또한 영원하지 않다는 사실에 위안이 된다. 몇십 년간 품어 온 우리 가족의 아픔은 누군가의 죽음으로 인해 사라졌다. 남편의 죽음이 준 과부라는 타이틀은 처음에는 가슴에 낙인으로 남아 아팠다. 몇 년이 지난 현재 그 낙인은 가슴에서 사라진 듯하다. 이제 스스로를 과부라 칭하며 웃을 만큼이나 아프지 않게 되었다.

나는 온실 속의 화초가 맞다. 그렇다고 아픔이 없는 건 아니다. 그리고 그 아픔은 나에게만큼은 '절대적인 것'이다. 절대적인 아픔이 있어도 괜찮다. 이 세상에 영원한 건 없으니까.

이 세상에 영원한 건 없다.
그래서 얼마나 다행인지 모르겠다.
내가 가진 절대적인 아픔 또한
영원하지 않다는 사실에 위안이 된다.

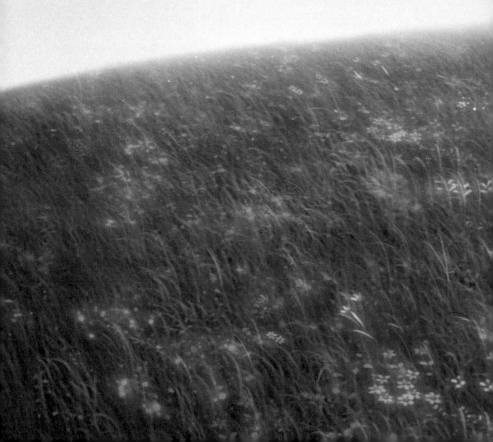

상실이 준
선물

"상실이 수정 씨에게 남긴 건 뭘까요?"

심리상담을 받던 중에 상담사 선생님이 물었다. 그날은 바로 답을 할 수 없었다. 그때까지만 해도 상실이 나에게 남긴 아픔을 회복하고자 했을 뿐이었기에.

'아픔이나 상처 말고 나에게 남긴 게 있을까?'

그날 지하철을 타고 집으로 돌아오는 동안에도, 잠자기 전에 침대에 누워서도, 다음 날 산책하면서도 상실이 나에게 남긴 건 무엇일까에 대해 고민했다.

며칠을 고민한 끝에 내가 찾은 대답은 선물이었다. 상실은 나에게 선물을 줬다. 상실, 이 두 글자는 어렴풋이 떠올리는 것만으로도 공허한 슬픔을 준다. 그 대상이 무엇이든지 간에 말이다. 그런데 상실이 선물을 줬다니, 누군가는 말도 안 되는 소리 하지 말라고 할 것이다. 가식이라고 생각할지도 모르겠다. 내가 생각해도 앞뒤가 맞지 않는 말이다. 무언가를 잃는다는 건 그런 거니까. 특히나 사랑하는 사람과의 사별로 인한 상실이라면 말할 나위 없다. 지나가는 사람을 붙잡고 "상실은 저에게 선물을 줬어요"라고 말한다면, 내 말에 고개를 끄덕여 줄 사람이 있을까? 나를 잘 아는 사람은 내가 한 말을 이해할 수 있을지도 모르겠지만 말이다.

상실 이후 나는 다시 태어났다. 상실을 경험하지 않았다면 글을 쓰지도 않았을 것이고, 살면서 겪게 되는 수많은 고통을 외면하기만 했을 것이다. 지금처럼 나 자신을 사랑하지도 못했을 것이다. 상실, 그로 인해 생긴 결핍이 처음에는 고통으로 다가왔지만, 결과적으로는 선물이 되었다.

예전에 나는 이별, 좌절 여타 크고 작은 상실 속에서 외면하는 것밖에 할 줄 몰랐다. 너무 고통스러웠으니까. 외면하며 시간이 흘러 고통에 무뎌지기만을 기다렸다. 그런데 사별로 인한 고통은 외면하고 기다린다고 무뎌질 만한 것이 아니었다. 공허한 그리움과 슬픔, 묵직한 아픔을 없애겠다는 엄두는 낼 수 없었고, 어떻게든 달래야 했다. 외면하고 기다리는 방관적인 회복이 아닌 능동적으로

부딪히고 마주하는 마음의 회복이 필요했다. 어떻게 해야 내 마음을 달랠 수 있을까, 어떻게 이 감정들을 대해야 할지 고민할 수밖에 없었다.

고민 끝에 내가 찾은 방법은 우선 적극적으로 내 곁에 있는 행복을 찾는 것이었다. 이 방법이 정답이라고 생각하지는 않는다. 사람마다 슬픔을 이겨 내는 속도나 방법이 다르기에, 상실을 겪은 모든 사람에게 이 방법이 답이라고 할 수는 없다(상실 후에도 각자에게 주어진 하루를 살아내고 있는 것만으로도, 상실 후 고통을 극복하고자, 위로받고자 이 책을 읽고 있는 당신은 정말 대단하다고, 멋지다고 말하고 싶다).

적극적으로 행복을 찾으며 마음을 달랜 후에는 아픔을 마주 보는 법을 배웠다. 상처가 치유되기 시작한 후에는 나를 자각했고, 나를 사랑하기 시작했다.

좋을 때는 고뇌하지 않는다. 그냥 살면 되니까. 고통 속에서는 고뇌한다. 고통스러우니까, 벗어나기 위해 몸부림치는 것이다.

지난 몇 년간 나는 끝없이 고뇌했다. 그 결과 내 삶을 바라보는 시선이 달라지고 생각이 달라졌다. 전에는 고통이었던 것들이 이제는 고통이 아니거나 그 강도가 옅어졌다. 상실은 나에게 선물을 줬다. 그것도 '나를 사랑하는 삶'이라는 멋진 선물을.

그럼에도 불구하고,
힙하게 삽니다

상실은
나에게
선물이었다.

마음산책

    마당이 있는 집에 살고 싶다. '마당이 있는 집'이라는 드라마에서 처럼 누군가를 마당에 묻어버리고 싶어서는 아니다. 어디선가 본 글에서 한 중년의 여성은 자신의 기분을 감당할 수 없을 때면 조용 히 냄비를 들고 뒷마당으로 가 바닥에 힘껏 내리치곤 했다고 한다. 덕분에 좋은 아내, 좋은 엄마가 될 수 있었다고. 그 글을 읽으며 나 도 마당이 있는 집으로 이사 가야 할까? 하는 생각을 해봤다. 우아 한 엄마가 되고 싶은데, 소리를 지르지 않고는 살 수가 없는 아들 둘 엄마니까. 어떤 감정이든 주체하기 힘들 때가 있고, 그럴 때마 다 그 감정을 다스리는 방법은 필요하다.

내 마음

온전히 나의 것인데

왜

내 마음대로 안 돼?

　감정을 다스려야 할 때 나는 대체로 산책을 나선다. 산책은 부정적인 감정을 흘려보내는 나만의 '치트키' 같은 것이다. 우리 집에는 마당이 없지만, 집 근처에 산이 있어서 다행이다.

　발을 움직이는 행위 덕분인 건지, 눈앞에 펼쳐지는 풍경이 달라지면서 자연스레 환기되는 건지는 모르겠지만 걷다 보면 폭발하기 직전이었던 그 감정이 어느새 자취를 감춘다. 감정이 정화되고 난 후에는 산책하며 내 마음을 자세히 들여다보고, 내 마음이 편한 쪽으로 생각을 바꾼다. 그 과정에서 나를 지탱해 주는 나만의 철학을 정립하고 있다. 나는 이를 '마음산책'이라 이름 지었다.

'마음산책' 하는 나만의 과정

　따로 정해놓은 루틴이 있는 건 아닌데 매번 같은 패턴으로 사유의 과정이 진행된다. 특별한 건 없다.

　걷는다. 생각한다. 그 순간 내 마음을 괴롭히는 것에 대해 생각한다. 왜 그럴까? 왜 안 될까? 이런 질문에서 시작한다. 그러다가 비관하고 한탄하고 좌절하며 분노한다. 혼자 주먹을 불끈 쥐어 보기도 하고, 한숨을 크게 내뱉어 보기도 한다. 여전히 발은 움직이고 있다. 등산로에 핀 꽃을 보다가, 짙어진 녹음을 가만히 올려다보다가, 낙엽을 괜히 발로 차보다가, 입김을 내뱉어 보다가, 그렇게 끝없이 생각하다 보면 결국 자책에 다다른다. 내가 문제야, 내가 더 참을걸, 나는 왜 변하지 않은 걸까, 나는 왜 여전한 걸까…… 자책하는 순간에는 의지와 상관없이 눈물이 난다. 조용히 훌쩍이다가 이내 눈물을 닦으며 내 마음대로 괜찮다고 결론을 내린다. 괜찮아. 지금 이대로도 충분해. 오늘을 그저 사는 거야. 그냥 이렇게 살아가면 돼.

신기하게도 일련의 과정을 거쳐 괜찮다는 결론에 도달하면, 정말 마음이 괜찮아진다. 산책을 나서기 전에는 미쳐버릴 것 같았던 마음이 이렇게 괜찮아지는 건 객관적이고 전문적인 근거를 제시하기는 어렵다. 몇 년째 이어 오고 있는 나만의 마음산책 과정이다.

이건 우연히 알게 된 방법이다. 상실 후에 주체할 수 없을 만큼의 깊고 커다란 감정이 휘몰아칠 때면 당장 어떻게든 해결해야 했다. 이별은 해봤지만, 사별은 처음이라 이 엄청난 감정을 어떻게 다스려야 할지 방법을 알 수 없었다. 사별이나 상실 후 전문적인 조언을 담은 책은 있었지만, 대체로 이론적인 것들이었다. 사별 후에 살아가야 하는 일상이나 감정을 다스리는 법을 쉽게 서술한 책은 없었다. 상실 후에 어떻게 살아가야 하는지 알려주는 사람도 없었다. 어린 두 아이 앞에서 울 수도 없는 노릇이었고, 당장 터질 것 같은 감정을 어쩌지 못하고 밖으로 뛰쳐나가 무작정 걷기 시작했는데, 걷다 보니 감정이 누그러졌고, 부정적이던 생각이 긍정적으로 전환되었다. 뇌, 감정, 호르몬 그 무엇이 어떻게 무슨 작용을 한 건지는 모르겠지만, 그 이후 산책이 나만의 감정 다스리기 방법이 되었다.

나의 발걸음과 함께 마음도 한 걸음씩 나아가고 있다.

그럼에도 불구하고,
힙하게 삽니다

나만의 방식으로,
나만의 속도로,
그렇게 나만의 길을 걸으며.

Chapter 3

힙한 과부의
나를 사랑하는 법

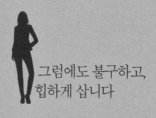

그럼에도 불구하고,
힙하게 삽니다

나는
철학자

나는 기독교인이다. 모태 신앙은 아니고, 결혼하면서 남편을 따라 교회에 다니게 되었다. 처음에는 주일 예배만 따라 나가다가 서른쯤에 세례를 받았다. 첫째 아이가 초등학교에 입학한 이후부터는 일주일에 한 번은 셀 모임, 한 번은 성경 공부 모임, 주일에는 예배를 나갔다. 매일 아침, 저녁, 하루도 빠지지 않고 성경을 읽으며 기도했다.

나이를 먹을수록, 아이들이 커갈수록 기도할 일이 많아졌다. 삶이 원래 이런 거였나? 이렇게 상처받을 일이, 속상할 일이 많았나? 열심히 기도한다고 상처받을 일이 없는 건 아니었다. 힘들거나 아플 일이 없는 것도 아니었다. 행복만 가득한 하루를 보낼 수 있는 건 더더욱 아니었다. 그럼에도 열심히 교회에 나갔다.

신앙생활을 가장 성실히 하던 그 시절, 남편이 세상을 떠났다. 그후 얼마 지나지 않아 코로나가 세상을 덮쳤고, 그걸 핑계로 몇 년간 교회와 멀어졌었다.

나는 믿는다. 나 자신을 믿는다. 실패하지 않을 거라는 믿음, 불안해하지 않을 거라는 믿음, 아파하지 않을 거라는 믿음, 좌절하지 않을 거라는 믿음, 흔들리지 않을 거라는 믿음은 없다. 흔들리고 그래서 불안해질 테지만, 실패하고 그래서 좌절하고 아파할 테지만, 결국에는 본래의 내 자리로 돌아올 거라는 믿음이 있다. 남편과 사별이라는 엄청난 상실을 통해 얻은 '나'에 대한 믿음이다. 이것은 내 노력으로만 만들어진 게 아니고 하나님이 나에게 주신 지혜 덕분에 만들어진 것이라는 생각이 든다.

누군가가 나에게 힘들어도 금세 털고 일어나는 것 같다고 했다. 내가 정립한 나만의 철학으로 인해 '바닥의 한계점'이 존재하기 때문이다. 살면서 마냥 즐거울 수는 없다. 고민하고 아파해야 할 나름의 '힘듦'이 찾아오는 건 어쩌면 당연한 삶의 과정이라는 걸 알지만, 힘든 게 지속되다 보면 우울해지고 기분이 바닥으로 가라앉기도 한다. 하지만 이제 그 시간이 길지는 않다. 걱정이나 불안에 사로잡혀도 한없이 가라앉지 않는다. 내 바닥의 한계점에서 안전하게 착지한 후 다시 힘을 내 긍정의 기운을 끌어올린다.

줏대 없이 상황에 따라 생각이 바뀌기도 하지만, 그때마다 나름의 소신은 있다. 정해진 답은 없고, 그때그때 나에게 맞는 철학을 세우면 된다는 게 내 생각이다. 살아가면서 상황이 바뀌는 건 자연스러운 일이고, 그에 맞춰 내가 정립했던 철학을 바꿔도 된다. 내 마음이 편하면 그걸로 된 거다. 나는 공자도, 맹자도, 부처도 아니고, 예수도 아니다. 나는 나다. 내 삶의 철학은 내가 세우면 된다. 내가 세운 나의 철학은 이를테면 이런 것들이다.

1. 나는 내 삶을 사랑한다.
2. 나는 나의 셀럽이다.
3. 외로움은 내가 혼자라서 느끼는 감정이 아니다. 인간은 원래 외롭다.
4. 나는 온실 속의 화초가 맞지만, 아픔이 있다. 그리고 그 아픔은 나에게만큼은 '절대적인 것'이다. 그래도 괜찮다. 이 세상에 영원한 건 없기 때문이다.
5. 실패하거나 중도에 포기해도 괜찮다. 실패하든, 성공하든 내 삶은 소중하다.
6. 겸손, 남을 존중하고 나를 내세우지 않는 태도는 타인이 아니라 나를 위한 것이다. 인생이 내리막일 때 덜 고통받기 위해, 덜

상처받기 위해 나를 낮추고 또 낮춰야 하는 것이다.

7. 내 삶의 본질은 나, 가장 중요한 건 나 자신이다.

8. 행복은 가만히 있는 나에게 오는 것이 아니라, 내가 찾는 것이다.

9. 엄청난 일을 해내지 않아도, 대단한 성취를 이뤄내지 않아도, 나에게 주어진 '오늘'을 살아내는 것만으로도 잘 살고 있는 것이다.

10. 들꽃처럼 살고 싶다. 바람에 몸을 맡긴 채, 이리저리 흔들리는 게 자연스러운 그런 삶을 살고 싶다.

11. 나는 죽기 위해 태어났다. 나뿐 아니라 생명을 가진 모두가 그렇다. 마침내 죽기에 살아 있는 지금이 아름답고 소중하다.

12. 살면서 누리는 순간은 영원하지 않다. 그래서 좋다. 행복한 순간은 영원하지 않기 때문에 그만큼 더 귀하고, 죽을 만큼 아픈 순간 역시 영원하지 않기에 그걸 위로 삼아 그 순간을 이겨 낼 수 있다.

상실 후에 도리어 나를 사랑하고 행복하게 살아갈 수 있는 건 나만의 철학 정립을 통해 가능했다.

나는 믿는다. 나 자신을 믿는다.
결국에는 본래의 내 자리로 돌아올 거라는 믿음이 있다.

내 삶의
본질은

구름 가득한 하늘 속, 유난히 달빛이 환한 어느 날이었다. 그날 달이 얼마나 환했던지, 구름 속에 갇혀 모습이 드러나지 않는데도 그 속에서 내는 빛에 어두운 밤하늘 속 하얀 구름이 선명하게 보였다. 고개를 들어 두리번댔다. 얼마나 크고 둥근 달이길래 이토록 밝은 빛을 내는 건지 궁금했다. 밤하늘을 빈틈없이 채운 구름 때문에 한참을 두리번대다가 겨우 찾은 달은, 구름에 반쯤 가려진 건지 반달 모양이었다. 저 달이 반달일까 동그란 보름달인데 구름에 가려져 반만 보이는 걸까? 궁금한 마음에 한참을 올려다보다 문득 고민 자체가 무의미하다는 걸 깨달았다.

'애초에 달은 동그랗잖아!'

살다 보면, 본질은 잊은 채 쓸데없는 걱정이나 고민으로 감정을 낭비하고 에너지를 소모할 때가 있다. 특히 나는 관계 속에서 불필요하게 에너지를 소모한 적이 많다. 사람 사이의 관계 안에서 내가 주도권을 가졌던 적은 없다. 불편해도 말하지 못했을 뿐 아니라, 불쾌한 상황에서도 화를 제대로 내지도 못했다. 나를 힘들게 하는 관계를 먼저 정리하지도 못했다. 나만의 철학을 정립해 오는 과정에서 나에게 가장 중요한 건 바로 나 자신이라는 걸 깨닫고는 변하기 시작했다.

이제 내 의지로 끊어낸 관계에 대해 이야기하려 한다. 관계가 힘들어졌다고 도망치는 게 맞나 고민스럽기도 했지만, 내가 내린 결론은 도망치는 데도 용기가 필요하다는 것이었다. 미움받을 용기, 도전할 용기처럼 누군가로부터 도망치는 데도 용기가 필요한 것이다. 내 마음은 전보다 단단해졌고 도망칠 용기, 관계를 먼저 끊어낼 용기가 생긴 것이다.

타인의 마음보다 내 마음이 우선이라는 이유로 나를 힘들게 하는 관계를 정리하는 게 정답이라고 할 수는 없다. 내 마음은 꾸준히 성장하는 중이기에, 언젠가는 내 마음이 우선이되, 상대의 마음까지도 헤아릴 수 있는 답을 찾게 되리라 기대한다.

첫 번째로 정리한 관계는 친구, 그것도 '절친'이라는 관계다. 30년 넘게 우정을 쌓아온 친구로 인해 힘들었다. 힘들다고 느낀 건, 변해서였다. 친구가 아니라 내가 달라져서였다. 내 마음은 뒷전, 타인의 마음을 신경 쓰고 배려하던 내가 내 마음을 최우선으로 챙기게 되면서부터 배려 받으려고만 하는 친구가 마음에 부담으로 다가왔다. 오래된 친구를 불편하게 느끼게 된 탓에 죄책감을 느꼈다. 마음에 어린 죄책감의 무게만큼 불편함이 덜어졌다면 조금은 덜 힘들었을 거다. 친구를 불편해하면서 미안했고, 미안해도 여전히 불편한, 좀 모순적인 마음이었다. 우리의 우정은 오래된 만큼 깊었기에 모순된 마음을 안고서도 친구와 멀어질 엄두를 내지 못했었다. 오래된 친구, 깊은 우정이라는 허울에 눈이 가려져 관계 속에서 상처받고 있는 내 마음, 본질을 보지 못한 것이다.

'상처받았구나. 내 마음.'

친구로 인해 내 마음이 상처받고 있다는 걸 깨달은 나는 삼십 년 넘게 이어온 그 친구와의 관계를 놓기로 했다. 서서히 거리를 두고, 자연스럽게 멀어졌다. 배려하느라 지쳤다고, 맞춰주는 게 힘들다고 말하지는 않았다. 그 말을 건넨 후에 소모하게 될 감정을 감당할 자신이 없었다. 친구가 나의 변화를, 멀어진 우리 관계를 서운해해도 그건 이제 그녀가 감당해야 할 감정, 그녀의 몫이라 생각했다. 결국 친구와 멀어졌지만, 상실감은 생각보다 크지 않았다. 도리어 후련했다. 친구로 인해, 그녀와의 관계로 인해 받고 있던 압박감이 생각보다도 훨씬 컸던 모양이다.

두 번째로 정리한 관계는 가까운 지인이었다. 모든 사람이 나를 좋아할 수 없다. 사람들이 나에 대해 어떤 말을 하든, 어떻게 생각하든 관심이 없다. 내가 좋아하고, 신뢰하고 있는 사람이 아니라면 나를 좋아하든 싫어하든 상관없다. 내가 믿고 좋아하던 사람이 나에 대해 좋지 않게 말했다는 걸 알게 된다면, 말 그대로 '뒷담화'했다는 걸 알게 된다면 그때는 상처받지 않을 수 없다. 그녀가 나에 대해 했다는 뒷이야기는 상실 후에도 왜 저렇게 잘 사냐는 것이었다. 아픔을 드러내지 않았다고, 씩씩하게 잘 살아내는 모습만 봤다고 정말 내가 괜찮아 보였던 걸까? 내 아픔을 알아주기를 바라는 건 아니지만, 상처가 된 건 부정할 수 없었다. 상처받은 마음은 덮어두고 그녀와의 관계를 지속했지만, 꼬리를 무는 질문이 내 마음을 흔들었다. 엄청난 상실 후에 아무렇지 않게 일상을 살아가는 모습이 마음에 들지 않았던 걸까? 그 아픔을 소재 삼아 글을 쓴 게 마음에 들지 않았던 걸까? 아니면 과부면서 여전히 경제적인 어려움 없이 사는 게 싫었던 걸까?

어느 날, 문득 그녀의 마음이 더 이상 궁금하지 않았다. 나는 그날로 그녀와의 인연을 정리했다. 그 인연을 놓는 것에 대한 설명은 없이. 오는 연락을 받지 않았고, 연락하지도 않았다. 자연스럽게 연락이 끊겼다. 내가 그녀와의 연을 놓은 이유를 그녀도 알지 않을까? 내가 말하지 않았어도 말이다.

살면서 내가 맺는 모든 인간관계, 그 안에서 일어나는 일들, 봉착하게 되는 이런저런 문제들, 그 속에서 가장 중요한 건 다른 게 아니라 바로 나 자신이다. 내가 가진 가치관, 목표, 성격, 감정의 본질은 한 마디로 '나'다. 내 삶의 본질은 결국 '나'인 것이다. 타인의 마음이 어떤지 고민하고 배려할 시간에 가장 나다운 나의 본질에 대해 고민해 봐야겠다.

내 삶의 본질은 나.
나에게 가장 중요한 건
바로 나다.

겸손, 나를 낮추기?
나를 사랑하기!

　부모님은 나에게 겸손하라고 입이 닳도록 말씀하셨다. 부모님 세대를 거쳐, 내가 어렸을 때까지만 해도 겸손이 미덕인 시절이었다.
　얼마 전, 겸손이 과연 좋은 걸까? 하는 고민을 해봤다. '자기 PR 시대'라는 말이 나온 지도 꽤 오래된 듯하다. 요즘은 자신의 성공담, 성공 노하우, 자신이 가진 것을 드러내는 것이 대세다. 유튜브나 인스타그램 등 SNS에서 먹기, 입기, 쇼핑하기, 운동하기, 캠핑 가기, 여행하기 등 어떤 방식으로든 자신을 내세우는 것을 통해 인기를 얻고, 그렇게 자신의 가치를 만들어 가는 시대임은 분명하다.

　겸손: 남을 존중하고 자기를 내세우지 않는 태도가 있음.
　나는 겸손을 잘못 배운 게 문제였다. '자기를 내세우지 않는'을

'자기를 낮추는'으로 이해한 탓에 자꾸 나를 낮추다 보니 자존감이 낮게 고착되었다. 자존감이 낮은 나는 쉽게 열등감을 느꼈다. 정작 나는 존중하지 않으면서 남을 존중하는 삶, 쉽게 열등감을 느끼는 삶은 피곤했다. 나를 낮춘다는 건, 남에게나 좋은 것이지 나에게 좋은 건 하나도 없는 것만 같았다.

나를 낮추고 드러내지 않다가 불현듯 나를 드러낼 때가 있었다. '오르막'에 서 있을 때면 그랬다. 제대로 배우지 못한 겸손 탓에 억눌렸던 마음이 반항이라도 하는 건지, 그럴 때면 마치 또 다른 자아가 튀어나오는 듯한 모습이었다. 나를 낮추려는 자아에 반발해 터져 나온 자아이기 때문이었을까, 나를 올곧게 내세우지도 못하면서 나 자신을 높이려 했다. 늘 그렇듯 인생은 오르막만 있는 건 아니었기에, 억지로 높아진 나는 그만큼 더 먼 거리를 추락해야 했고, 더 고통받아야 했다.

나는 내 삶의 중심이고 주체일 뿐, 타인의 삶에서도 중심일 수는 없다. 성공이나 환희는 영원하지 않다. 그런데 내가 이 세상의 중심이라도 된 듯한 착각에 빠져, 찰나의 성공이나 성취가 영원할 듯한 착각에 빠져, 남들보다 우위에 있다는 착각에 빠져 나대던 모습이란……

115

"내 일상을 말할 뿐인데, 그걸 자랑이라고 할 수 있어?"

어리둥절한 표정으로(당시에는 정말 어리둥절했으니까) 이따위 말을 내뱉던 내 모습은 돌이켜 보면 부끄러워진다. 그 순간에는 자각하지 못하지만, '고난'의 때에 빠져 있을 때, 그것으로부터 빠져나오기 위해 이런저런 고민을 하다 보면 '아, 내가 자만했구나, 나댔구나, 어리석었구나'라는 걸 깨닫곤 했다.

나대지 마!
나 말이야.

겸손이 미덕인지 아닌지는 잘 모르겠지만, 내가 늘 곱씹어야 하는 것임에는 틀림이 없다. 남을 존중하고 나를 내세우지 않는 태도는 남이 아니라 나를 위한 것이었다. 인생이 내리막일 때 덜 고통받기 위해, 덜 상처받기 위해 나를 낮추고 또 낮춰야 하는 것임을 깨달았다. '나를 낮추기'를 수없이 되뇌며 겸손하기를 다짐한다. 그게 나를 사랑하는 법임을 이제야 알았다.

자신을 사랑하되,
겸손하기.

행복은
성적순이 아니라……

나는 행복하다. 지금 내가 내뱉은 행복은 감정에 기댄 것은 아니다. 딱히 기쁠 일도 없고, 즐거울 일도 없을 뿐만 아니라, 오히려 걱정할 일이 많은 요즘이기에, 행복감이 가만히 있는 나에게 찾아오지는 않는다.

나는 행복하다. 하루에도 몇 번씩이나 내가 행복한 이유를 찾기 때문이다. 행복의 이유를 굳이 찾지 않고서도 행복할 때가 있다. 걱정이나 고민이 없이, 마음에 아무 거리낌이 없을 때 나는 뭘 해도 행복하다. 날씨가 좋아서, 커피 향이 좋아서, 산책길에 본 들꽃이 예뻐서, 떡볶이가 맛있어서, 살아 있어서 행복하다. 마음의 평온이 나의 행복에 있어 필수 요소이기에 그렇다.

마음이 평온하지 않을 때 나는 부지런히 내가 행복한 이유를 찾는다. 한참을 찾아도 떠오르지 않을 때는 "그럼에도 불구하고" 공식에 대입한다.

그럼에도 불구하고: 비록 사실은 그러하지만 그것과는 상관없이

'나를 힘들게 하는 것'에 대한 생각은 쉽사리 놓아지지 않아 나를 더 힘들게 한다. 생각이라는 건 매번 처음 시작한 그 생각에서 멈추지 않고, 자꾸만 꼬리를 물어 일어나지 않은 일까지 상상하도록 하고, 그로 인해 걱정과 불안까지 파생시켜 결국 마음이 평온하지 못한 상태가 된다. 이건 나만의 나쁜 '생각 습관'일지도 모르겠다. 걱정이나 불안은 늘 이렇게 내가 노력하지 않아도, 몸에 밴 습관처럼 쉽게 나를 찾아온다. 꼬리를 무는 생각의 방향이 긍정적인 쪽이면 참 좋을 텐데, 어릴 때부터 이어져 온 이 '생각 습관'은 쉽게 나를 놓아주지 않을 듯하다. 그렇기에 나는 하루에도 몇 번씩이나 내가 행복한 이유를 찾아야 한다.

요즘 내 마음의 평온을 방해하는 건 다시 사춘기가 온 첫째 아들이다. 뭘 해도 아들 생각이 나고, 생각이 이어지다 보면 결국 일어나지 않은 일에 대한 걱정에 도달한다. 걱정하면 불안해지고 마음이 힘들어진다. 어젯밤에도 아들에 대해 생각하다가 잠든 나는, 눈 뜨자마자 또 아들 생각을 했다. '○○는 대체 왜 이러는 걸까?'에서부터 시작한 생각은 사춘기는 대체 언제까지인 걸까? 엄마인 내가

뭘 어떻게 도와줘야 할까? 그냥 지켜보는 게 최선일까? 뭐가 맞는 걸까? 나중에 후회하게 되면 어쩌지? 제대로 된 어른이 못 되면 어쩌지?'라는 생각까지 순식간에 도달했다. 불안해지자 금세 우울해졌다. 혼자서 아등바등 애를 써도 아무것도 달라지지 않을 것만 같았고, 불행하다는 생각까지 들었다.

서둘러 내가 행복한 이유를 생각했다. 커피 향은 좋았고, 날씨는 맑았으며, 구름 한 점 없는 하늘은 예뻤다. 마음이 복잡해서였을까, 행복하지 않았다. 세븐틴 플레이리스트를 재생시키고, 떡볶이를 먹었지만 행복하지 않았다. 결국 "그럼에도 불구하고" 공식을 꺼냈다.

그럼에도 불구하고

사춘기가 온 ○○는 도무지 이해되지 않는다. 그럼에도 불구하고 건강하게 내 곁에 있다.

사춘기가 온 ○○는 반항기가 있다. 그럼에도 불구하고 우리가 정한 선은 넘지 않는다.

사춘기가 온 ○○는 학습적으로 무기력해졌다. 그럼에도 불구하고 학교생활은 활력 넘치게, 누구보다 즐겁게 하고 있다.

사춘기가 온 ○○는 건강하게 내 곁에 있고, 적정한 선은 넘지 않으며, 공부는 '더럽게' 안 하지만 누구보다 즐거운 시기를 보내고 있다.

결론적으로 사춘기가 온 ○○ 때문에 걱정되고 불안하고, 마음이 힘들지만, 그럼에도 불구하고 나는 ○○의 엄마라서 행복하다.

첫째 아들 때문에 마음이 평온하지 않았고, 그래서 행복하지 않았다. '그럼에도 불구하고' 공식에 대입해 생각을 바꾸다 보니 나는 행복하다는 결론에 도달했다. 그러자 마음이 한결 평온해졌다.

원래 행복은 내가 찾는 것이 아니라, 나에게 오는 것인 줄 알았다. 크게 좋은 일, 기쁜 일, 즐거운 일, 성공적인 일이 일어나야 행복했다. 일상에 있는 소소한 행복을 모르는 건 당연했다. 이렇게 적극적으로 행복을 찾기 시작한 건 남편과 사별한 후부터다.

처음에는 단순하게 행복을 찾았다. 요즘 내가 마음이 평온할 때만 느낀다는 행복을 닥치는 대로 찾아 마음에 주입했다. 날이 좋으면, 꽃향기가 좋으면, 하늘이 예쁘면, 떡볶이를 먹을 때면, 좋아하는 노래를 들을 때면 행복했다. 당시 나는 내 마음 상태가 어떤지 외면하며 무작정 행복을 찾았고, 그렇게 행복하다고 스스로 주문을 걸며 살았다. 그렇게라도 버텨야 했다. 앞에서도 말했지만, 심리 상담을 통해 아픔을 제대로 바라보고 아파한 후에야 치유됐고, 이렇게 아픔에 덤덤해지기까지 4년이 넘는 시간이 걸렸다.

마음이 힘들 때마다 외면했던 과거와 달리 이제는 내 마음을 수시로 들여다보고 있다. 마음이 평온할 때나, 힘들 때나 적극적으로 행복의 이유를 찾아 그럼에도 불구하고 나는 행복하다는 결론을 내린다.

그럼에도 불구하고,
힙하게 삽니다

행복은
저절로 나에게 오는 것이 아니라,
내 의지로 찾는 것.

잘 살고 있다는
한마디

"힘내, 잘할 수 있어."

무언가로 힘들어할 때 상대가 진심을 담아 건넨 응원의 말이었다. 진심은 전해졌지만 그뿐이었다. 정말로 잘할 수 있겠다는 생각이 들지도 않았고, 힘을 낼 수도 없었다.

남편이 가끔 꿈에 나오는데, 별다른 말은 없다. 이왕 나올 거면, 한 마디라도 해줬으면 좋겠다. 남편에게 듣고 싶은 말은 "잘 살고 있어"라는 말이다. 이 한마디면 충분할 것 같다. 나는 왜 이렇게 이 한마디를 듣고 싶은 걸까? 잘 살고 있다는 건 어떤 걸까? 잘 사는 법이라는 게 있을까? 어떻게 사는 것이 잘 사는 것일까? 자꾸 이런 고민을 하는 건 내 삶을 사랑하기에, 더 아껴주며 살고 싶어서다.

잘 사는 법에 대한 나의 고민은 늘 욕심과 안주 사이에서 줄다리기한다. 살면서 욕심을 좀 가져보라는 말을 듣기도 했고, 욕심 좀 버리라는 말을 듣기도 했다. 부지런하지 못할 때는 욕심을 내보라는 말을 들었을 테고, 지나치게 부지런해서 조바심을 내게 되었을 때는 욕심을 버리라는 말을 들었을 것이다.

요즘 나는 욕심내지 않는 삶을 살고 있다. 집 근처 산에 갈 때만 해도 그렇다. 우리 동네에 있는 산은 높은 편이 아니다. 높이가 293m라서 쉬지 않고 오르면 40분 만에 정상까지 갈 수 있지만 나는 중턱까지만 간다. 조금 욕심을 내면 정상에 오를 수 있지만, 중턱까지가 나에게 적당하다. 어느 정도 운동이 되면서도, 몸에 무리가 가지 않는 건 딱 그 정도다. 중턱까지만 가도 만족스럽다. 하늘에 닿은 뾰족한 정상에서부터 평평한 바닥까지 다 보인다. 산 초입부터 중턱까지 오르는 동안 수십 그루의 나무가 내뿜는 초록빛, 피톤치드 향이 닿으면 스트레스, 부정적인 감정, 욕심으로 경직됐던 마음이 스르르 힘을 푼다. 중턱에 있는 꽃동산은 어찌나 관리가 잘 되는지, 계절에 따른 철꽃을 볼 수 있다. 그 속에서 날갯짓하는 나비를 보고 있자면, 동화 속에 들어온 듯한 착각마저 든다. 말 그대로 '힐링'이 되는 순간이다.

힘들어서 더는 못 걷겠다는 여덟 살 첫째 아이를 달래 가며, 여섯 살 둘째 아이를 업고서라도 정상에 올라야만 직성이 풀리던 때가 있었다. 비단 산에 오르는 일뿐 아니라 매사에 그런 식이었다. 몸과 마음이 다치는 줄도 모르고, 나의 적당한 한계에 만족하지 못하고 더 오르기 위해 부단히 애를 썼던 지난 시절. 무엇을 위해서 그렇게 애썼던 걸까? 눈에 보이는 정상을 오르면 그때는 만족스러웠을까? 지나고 보면 그 순간뿐이었다.

이제는 안다. 정상에 오르지 않아도 괜찮다는 걸. 중턱에만 가도 만족스럽다는 걸 마흔이 넘은 이제야 알았다. 만족감은 불안을 덜어줬고, 그만큼 안정감을 더해줬다. 정상만 바라보며 살던 과거보다 중턱에서도 만족감을 느끼는 현재가 더 행복한 걸 보면, 이제 나에게 성취감보다는 안정감이 더 큰 행복의 요소인 듯하다.

오늘도 나는 잘 사는 법에 대해 고민하며 욕심과 만족 사이에서 줄다리기하다가 '지금 그대로에 만족'으로 몸을 기울였다.

엄청난 일을 해내지 않아도, 대단한 성취를 이뤄내지 않아도, 그냥 나에게 주어진 지금을 살아내는 것만으로도 '잘' 살고 있는 것이다.

잘 살고 있다는 건

잠에서 깨어나고,

밥을 먹고, 똥을 싸고,

학교에 가고, 공부를 하고,

회사에 가고, 일을 하고

육아를 하고, 청소를 하고,

다시 잠을 자고.

그렇게 주어진 일상을

살아내고 있는 것만으로도…….

중꺾마

　중요한 건 꺾이지 않는 마음이라는 의미가 있는 '중꺾마'라는 말이 유행이다. 2022년 월드컵 대표팀이 16강 진출에 성공하면서 태극기에 적었던 말이고, 방송인 전현무 님이 연예 대상을 수상하며 했던 말이기도 하다. 아직 이루지 못한 목표를 향해 가는 사람에게 힘이 되는 말이다. 꺾이지 않으면 끝내 목표를 이룰 거라는 의미를 내포했으니까.

　내 생각에 이 말은 "중요한 건 꺾이지 않는 마음" 뒤에 "그러면 반드시 성공이 뒤따름"이라는 말이 생략된 것 같다.

　성공, 누구나 성공에 대한 열망은 마음속에 품고 있을 것이다. 성공하고자 하는 대상은 다 다르겠지만 말이다. 누군가는 명예를 위한 성공, 누군가는 부를 위한 성공을 원할 것이다. 게임 레벨 올리기에 성공, 다이어트에 성공, 성적 올리기에 성공, 오늘 하루 만 보 걷기에 성공…… 명예나 부보다는 조금 작은 성공을 마음에 품고 있는 사람도 있을 것이다. 나 역시 마음에 품은 성공을 위해 연이은 좌절과 실패의 가운데에서도 '중꺾마'를 되뇌며 오뚝이처럼 다시 일어났다.

공부만 하면 됐던 학창 시절, 고등학교 1학년 때까지는 노력한 만큼 결과가 나왔다. 선행 학습이 전혀 되어 있지 않았던 나는 이과에 가면서부터 노력해도 되지 않는 일이 있다는 걸 처음 알았다. 나이를 먹을수록, 내 마음처럼 되지 않는 일이 더 많았다. 노력해도 되지 않는 일, 성공보다는 실패하는 일이 더 많았다. 배신하지 않는다던 노력은 배신하기 일쑤였다. 그럴 때마다 내 노력의 방식에 문제가 있었나 하고 자책했다.

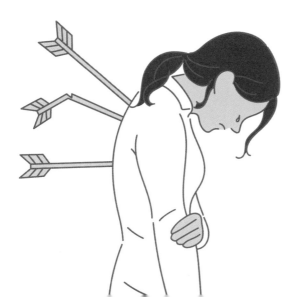

즐거운 열정으로 하던 일이 연이어 실패했다. 꺾이지 않는 마음이 중요하다고 되뇌며 멈추고 싶은 마음을 외면했다. 실패했을 때마다 상심했고, 여러 차례 꺾인 마음은 상처투성이였다. 거듭된 실패로 인해 회복탄력성이 떨어져 더 이상 일어설 수 없을 만큼이나. '중꺾마'라는 주문에 걸려 더 이상 즐겁지 않은데도 손에서 놓지 못하고 있었으며, 중간에 꺾이면 실패라는 생각에 선뜻 포기되지 않았다. 꺾이고 싶지 않았다. 포기하고 싶지 않았다. 끝내 실패가 아닌 성공을 해내겠다는 마음이었다.

지난 2년 동안 내가 품었던 욕심은 신춘문예에서 등단하겠다는 목표였다. 십 년이 걸리더라도, 소설가가 되겠다고 다짐했던 건 목표가 아니라 허세가 아니었을까 하는 생각을 이제야 해본다. 중간에 꺾이지 않겠다는 건 결국 욕심이 아니었을까?

지난 6개월 동안에는 소설 평론가에게 수업을 들었는데, 내가 쓴 소설에 대해 피드백을 듣고 의견을 나눌 때마다 언쟁을 벌여야 했다(난 누군가와 언쟁하는 게 세상에서 제일 싫은 사람이다). 같은 걸 보고 생각하는 게 달라도 너무 달랐다.

한 달 전쯤이었나, 한참 언쟁을 벌이던 중 문득 '아, 이 사람과 나는 타고난 뇌 구조가 다른 거구나'라는 생각이 들었다. 이제는 좀 꺾이고 싶은 마음이 간절해졌던 어느 날, 능력이 없는데 오랜 시간 노력한다고 될 일은 아니겠다고 결론 내려버렸다. 합리화였을지도 모르는 결론을 내리자 마음이 편해졌다.

이상했다. 꺾인 마음이 아프지 않고, 오히려 편해지다니. 꺾이지 않는 마음이 중요한 게 아니었다!

중간에 꺾여도 된다. 내 능력 밖의 일이라면 꼭 이뤄내지 않아도 된다. 마음을 병들게 하면서까지 꺾이지 않으려 애쓰지 않아도 된다.

꺾이더라도, 제대로 꺾이면 된다. 그리고 다시 힘을 내 열정을 쏟을 일을 찾아 새로운 시작을 하면 된다. 실패해도 괜찮다. 성공하지 못한다고 해도, 실패한다고 해도 내 삶은 소중하다.

그럼에도 불구하고,
힙하게 삽니다

중요한 건,
제대로
꺾이는
마음.
"중제꺾마"

들꽃이 되고 싶었던
어느 날에

한동안 무뎌졌던 감성이 살아나고 있던 어느 가을날이었다. 힘을 잃었던 내 감성을 깨운 건 뭘까? 산책? 가을이라는 계절? 감정? 아마 이 모든 게 복합적으로 작용했을 테지만, 가장 큰 작용을 한 건 감정일 것이다. 나는 부정적인 감정으로 인해 마음이 힘들 때, 이성보다는 감성에 기대는 편이다. T형으로 살아가려 한다면서도, 결국 나는 F형 인간인가 보다.

감성 충만할 때면 무심코 지나치던 것들에 시선이 간다. 그날 시선이 갔던 건 산에서 본 들꽃이었다. 솔솔 부는 가을바람에 여리게 흔들리는 보라색 꽃잎이 마치 나비의 날갯짓처럼 보였다. 무성한 풀 속에 덩그러니 피어 날갯짓하는 보라색 꽃잎을 보다가 문득 저

들꽃이 되고 싶다는 생각이 들었다. 울컥하더니 눈물이 나기 시작했고, 지나가던 사람들의 시선을 피해 발걸음을 재촉해야 했다. 왜 눈물은 매번 이렇게 감추고만 싶은 걸까? 웃음은 굳이 숨기고 싶지 않은데 말이다.

촉촉하게 흐려진 시야 속에서 묵묵히 걷다 보니 흐느낌도 눈물도 잦아들었다. 손등으로 두 눈을 번갈아 쓱 문지르고 다시 걷기 시작했다. 이번에는 연보라색 꽃으로 시선이 갔다. 들국화였다. 공기의 흐름에 몸을 맡긴 채 이리저리 흔들리는 모습이 자유로워 보였고, 들꽃의 삶은 평화롭겠다는 생각이 들었다. 바람이 불면 부는 대로, 부는 방향대로, 기꺼이 흔들리는 모습이 참 예뻤다. 바람을 막아 보겠다고, 막지 못한 바람에 흔들리지 않겠다고, 흔들려도 넘어지지 않겠다고 신경을 곤두세우고 사는 내 삶보다는 들꽃의 삶이 좋아 보였다. 들꽃이 되고 싶은 날이었다.

되는 일이 없는 것 같은 한 해였다. 사소한 것 하나 쉽게 되지 않았다. 마음처럼 안 되는 게 더 많다는 걸 안다면서도, 마음대로 되지 않는다고 침울해졌다. 우울감에 젖어 종일 자버린 날도 있었고, 아무도 모르게 눈물 흘린 날도 있었다. 한동안 그렇게 철저히 혼자가 된 채 아파하다가 생각하기 시작했다. 상심하지 않기 위해, 우울하지 않기 위해, 아프지 않기 위해 고민했다.

그런다고 나를 힘들게 했던 일에 대한 해결책이 떠오르는 건 아니었다. 결론은 매번 생각과 마음가짐을 바꾸자는 것이었다. 이건 언제나 내가 내린 최선의 결론이었고, 나를 무기력하게 만드는 여러 부정적인 감정에서 벗어날 수 있도록 해줬다. 도돌이표처럼 아파하고, 고민하고 결국 이 결론에 도달하는 걸 무수히 반복하는 것이 인생인가 보다.

남편이 세상을 떠난 후, 지난 몇 년 동안 나는 열심히 '긍정 회로'를 돌렸다. 남편에 대한 그리움이나 상실로 인한 슬픔에 사로잡히지 않기 위해서였다. 부정적인 감정이 들면 부지런히 몸을 움직여 뭐라도 했고, 그런 감정들을 밖으로 흘려보내며, 적극적으로 소소한 행복을 찾았다. 부정적인 생각이나 감정은 내 안에 머물러 있으면 안 되는 사람처럼 말이다.

6년 차 과부가 된 요즘은 좀 다르다. 상심하는 일이 생기면 그로 인해 아픈 감정을 외면하거나 황급히 흘려보내지 않고 그대로 받아들인다. 한동안 아파하고 괴로워하다가 결론 내린다. 마음을, 생각을 바꾸자고. 그런다고 나를 괴롭혔던 문제가 해결되는 건 아니지만, 마음은 한결 평온해진다.

몸은 성장기를 거쳐 노화되지만, 마음은 죽는 날까지 성장기에 놓인 듯하다. 다 자란 줄 알았던 마음은 언제나 미숙하고, 그로 인해 아파한 만큼 성장하는 걸 보니 말이다.

어느덧 중년, 몸은 노화되기 시작했지만, 슬프지만은 않다. 내 마음이 얼마나 더 '힙'하게 성장할지 기대되기 때문이다.

들꽃처럼 살고 싶다. 바람에 몸을 맡긴 채, 이리저리 흔들리는 게 자연스러운 그런 삶을 살고 싶다. 끊임없는 마음 성장기를 거치다 보면, 언젠가는 들꽃처럼 살 수 있지 않을까?

바람이 불면 부는 대로,

바람이 부는 방향대로

기꺼이 흔들리는

들꽃이 되고 싶은 날이었다.

그럼에도 불구하고,
힙하게 삽니다

나를 놓지도 말고, 도망치지도 말고,
나의 자리를 지키며 살아갈 것이다.
어떤 시련도 결국은 흩어질 테니.

파도는 부서져도
나는 부서지지 않아

괜찮아. 파도지 파도.
무서워하지 않아도 돼.
이렇게 오지만,
결국에는 흩어져 버릴 거야.

둘째 아이가 세 살이던 어느 여름날 제주 협재해수욕장에서 처
음으로 바다를 보던 날이었다. 태어나서 처음 보는 바다가 신기한
지, 나에게 안긴 채 미동도 없이 한참을 멍하게 바라봤다. 눈 앞에
펼쳐진 낯선 광경에 어떤 감정을 느껴야 하는 건지 모르는 것처럼
보였다. 그러다가 거센 파도가 밀려와 뒷걸음질 칠 새 없이 내 발
을 적셨고, 깜짝 놀라 소리를 지르자 아이가 몸을 부르르 떨며 울

음을 터뜨렸다.

"으앙!"

파도를 향해 느낀 첫 감정이 두려움이었나 보다. 아이의 눈물을 닦아주고는 등을 토닥이며 말했다.

"괜찮아. 파도지 파도. 무서워하지 않아도 돼. 이렇게 왔다가, 다시 저리로 가네?!"

눈물 고인 눈으로 다시 파도를 바라보면서 아이는 안심했다는 듯 나에게 웃어 보였다.

파도는 시작점이 어딘지도 모르겠는 아득한 곳에서부터 나를 향해 왔다. 쉬지 않고 일렁이는 모습에 현기증을 느꼈고, 몸이 휘청거렸다. 나를 덮쳐버릴 듯 몸집을 크게 만들어 다가올 때면 나에게 닿는 순간 그 속으로 휩쓸려 버릴 것만 같아 두려웠다. 불안해진 나는 가만히 서 있지 못하고 조금씩 뒤로 물러서다가, 나에게 닿기도 전에 도망쳤는데, 그게 민망해지곤 했다. 아득히 보일 때는 거대해 보이다가도 내 발에 닿을 때쯤에는 몸집이 작아졌고, 결국에는 흩어져 버렸다. 고작 해안선 그 자리에 그대로 서 있던 내 발을 적실 만큼이었다.

시련의 파도가 내 인생 속으로 자꾸만 왔다. 나를 향해 다가왔다.

쉴 새 없이 일렁거리며 나를 어지럽혔다. 꿋꿋이 버티고 서 있지 말고, 자신에게 휩쓸려 버리라고 하는 듯했다. 무서웠다. 중심을 잃고 휘청거렸고, 이대로 가다가는 파도 속으로 사라져 버리고 말 것 같았다.

두려움과 달리 내가 파도를 향해 들어가지 않는 한, 나의 자리에 그대로 버티고 있으면 결국에는 파도가 부서지고 말았다. 내 앞에 와서는 고작 내 발을 적실 만큼이었다. 언제나 그랬다. 끝없이 나에게 오는 파도는, 시련은 이렇게 단단한 마음으로 꿋꿋이 버텨내면 되는 것이었다.

나를 놓지도 말고, 도망치지도 말고, 나의 자리를 지키며 살아갈 것이다. 어떤 시련도 결국은 흩어질 테니.

그럼에도 불구하고,
힙하게 삽니다

파도는 부서져도
나는 부서지지 않아.

Chapter 4

우리만의 속도로
홀로서기 중

그럼에도 불구하고,
힙하게 삽니다

남편 없이
시댁행

2022년 1월 1일, 새해 첫날, 두 아이와 함께 시댁으로 향했다. 차 타고 10분 거리, 걸어서도 갈 수 있을 만한 거리에 있는 시댁은 가깝지만, 거리와는 비례하지 않게 자주 가지 않게 된다. 막상 가면 좋은데, 가기 전에는 왜 이렇게 마음에 부담이 오는지 모르겠다. 이런 마음이 죄송스러울 만큼 시부모님은 우리의 방문을 손꼽아 기다리신다. 물론 며느리인 나보다 손주들 보고 싶은 마음 때문이겠지만 말이다.

1층 아파트 현관 앞에서 인터폰을 누르고, 8층으로 올라갔다. 언제나처럼 문이 활짝 열려 있었다.

"우리 보물들 왔구나."

어머님은 두 아이가 거실로 들어갈 때까지 기다리지 못하고 현관까지 뛰어나오셨다. 그리고 언제나처럼 두 아이를 꼭 안아주셨다.

"우리 아기들 못 본 새 많이 컸네."

못 본 지 오래된 건 아닌 것 같은데, 그렇게 느끼신 모양이다. 곰곰이 생각해 보니, 두 달 만에 만난 것이었다.

'벌써 2개월이나 지났구나.'

통화는 자주 하는 편이기에 두 달이라는 시간이 지났다는 걸 실감하지 못하고 있었다.

할아버지, 할머니가 두 아이에게 끝없이 질문을 던졌다. 보물 같은 두 손주가 얼마나 보고 싶었는지가 느껴졌다. 두 아이의 정신이 각자의 핸드폰으로 가 있는 것이 느껴졌지만, 계속되는 할아버지와 할머니의 질문에 저 나름대로 열심히 답을 하고 있었다.

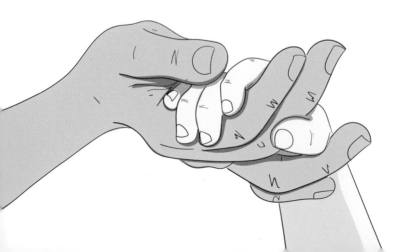

시댁 거실 한가운데에 사진이 있다. TV 바로 옆에 예쁘게 놓인 그 사진은 몇 년 전 아버님 칠순 기념으로 시댁 식구들이 모두 모여 찍은 가족사진이다. 소파에 앉으면 바로 보이는 위치에 놓인 사진이지만, 나는 그 사진으로까지 시선이 닿지 않도록 애를 쓴다. 내 옆에, 아이들 곁에, 우리 가족 사이에서 따뜻한 미소를 띠고 있는 남편의 모습에 시선이 닿으면 덜컥 그의 부재가 실감 나고 말기 때문이다. 워낙 바빴던 남편이기에, 남편 없이 나 혼자 두 아이를 데리고 시댁을 찾는 것이 익숙했지만, 영원한 부재가 실감 나 버리고 나면, 익숙하지 않은 낯선 감정이 몰아쳤다.

"그래도 우리가 2년 동안 잘 이겨 내고, 잘 지내 온 것 같아. 아빠나 나, 너 그리고 아이들 각자가 말이야."

어머님이 옆에 앉은 내 어깨를 감싸며 말씀하셨다. 정말 그런 것 같았다. 각자 힘든 시간을 보냈지만, 그래도 무너지지 않고 잘 지내 온 것 같았다.

"우리 ○○이는 정말 선물 같은 아들이었다. 이 세상에서 가장 사랑하는 사람, 바로 내 둘째 아들 ○○이었다."

어머님이 남편 이야기를 시작하셨다. 내 의지가 아니게 남편의 부재를 실감하게 될 때면, 현기증이 나고 속이 울렁거렸다. 계속 들어야 하는 남편 이야기, 어쩔 수 없이 마주 봐야 하는 사진 속 그의 미소는 시댁에 가기를 망설이도록 했다.

손주를 보며 살아갈 힘을 얻고 있다는 시부모님의 마음을 알 것 같다. 그래서 더 자주 찾아뵙지 못하는 것이 죄송스럽다. 세월이 흘러, 남편의 부재가 익숙해지고, 문득 실감이 나도 당황스럽지 않게, 자연스럽게 인정하게 되는 날이 오면, 지금보다는 더 자주 가야겠다고 다짐해 본다.

2022년 당시 브런치 스토리에 발행 후 다음 포털 메인에 걸려 조회수 4만 3천을 기록했던 나의 글이다. 2024년, 2년이 지난 지금은 남편 없이 시댁에 가는 게 힘들지도, 아프지도 않게 되었다.

남편 없이 시댁에 가는 건 예전이나 지금이나 나에게 익숙한 일이다. 늘 바쁜 남편이었기에, 두 아이가 어릴 때도 줄곧 독박육아를 했고, 시댁에 갈 일이 생기면 남편 없이 갔던 적이 많다. 익숙하다는 건, 여러 번 해봐서 어색함이 없고 불편하지 않다는 것이다. 익숙했던 일이 익숙하지 않게 된 건 앞선 글에서도 언급했지만, 남편이 세상을 떠나고 난 후부터였다. 한동안 시댁에 가는 게 힘들었던 건, 마주하기 힘들어 덮어둔 남편이 부재한다는 현실을 실감하게 돼서였다. 시댁에 있는 가족사진 속에서 환하게 웃고 있는 남편의 모습을 마주하면 가슴이 덜컥 내려앉았고, 명절 때마다 남편이 앉아 있던, 이제는 비어버린 그 자리는 볼 때마다 가슴에 뻥, 하고 구멍을 만들었다. 남편에 대한 기억, 추억을 원하지 않을 때 들어야 했는데, 당시에는 그게 힘들었다. 아픔을 제대로 마주 보기 전이었기 때문이다. 아이들도 나랑 같은 마음이었는지, 당시 시댁에 가는 걸 힘들어했다. 집에 두 아이와 나, 이렇게 셋이 있는 건 남편이 떠나기 전부터 늘 그래왔기에 새삼스러울 게 없이 자연스러운 일이었다. 남편이 세상을 떠난 게 아니라, 이 세상 어디엔가 살아서 열심히 일하고 있을 것 같은 느낌이었다. 두 아이도 아마 그랬을 터다. 굳이 남편을, 아빠를 추억하거나 기리지 않고 자연스럽게 이야기가 나오면 가볍게 언급하는 정도였다.

심리상담을 받으며, 아픔을 제대로 보아야 비로소 그 아픔이 치유되기 시작한다는 걸 알게 되었고, 그 과정에서『당신 없는 세상은 여전히 낯설지만』이라는 에세이를 쓰며 사별로 인한 아픔을 마주 보게 되었다. 고통스러울까 봐 두려워 마주 보지 못했던 아픔은 정작 겁냈던 만큼 아프지는 않았다. 지난 몇 년 동안 사유하며 글을 쓰고, 상담받으며 마음을 단련하고 아픔을 치유하기 위해 노력했다. 그 결과 이제는 아프지 않게 되었다. 이따금 그리움이 마음에 어리기는 하지만, 더 이상 아프지는 않다. 두 아이도 지난 몇 년간 나름의 방식으로 아픔을 흘려보냈고, 이제는 할머니 댁에 가서 마주하게 되는 아빠의 빈자리에 자연스럽게 적응한 듯하다.

이제 시댁에 가는 것이 불편하지 않다. 거실 한가운데에 놓인 가족사진 속 남편의 환한 미소에 나도 함께 미소 짓게 된다. 남편이 늘 앉았던 그 빈자리는 남편의 부재를 실감하게는 하지만, 그것이 아픔이 아니라, 자연스러운 내 삶의 일부가 되었다. 내가 받았던 상처보다, 사랑하는 아들을 먼저 떠나보낸 시부모님의 마음은 얼마나 아플까를 생각할 만큼, 내 아픔은 치유됐고, 그만큼 성장했다.

고통스러울까 봐 두려워 마주 보지 못했던 아픔은
정작 겁냈던 만큼 아프지는 않았다.

남편 없이
여행

대학 졸업 후 곧장 운전을 시작했지만, 장거리 운전할 일은 없었다. 결혼 전에는 부모님이 운전하는 차를 탔고, 결혼 후에는 남편이 운전하는 차를 탔다.

내가 장거리 운전을 시작한 건 남편이 떠난 후부터다. 여행을 좋아하는 두 아이의 성화에 국내 여행이라도 다녀오려다 보니 다른 방도가 없었고, 먼 거리도 내가 운전대를 잡게 되었다.

큰마음 먹고 떠난, 우리만의 첫 여행지 강원도는 집에서부터 100km나 떨어진 곳이었다. 운전자는 세 식구 중 유일한 운전면허 소지자인 나였다. 경험이 거의 없는 장거리 운전이었기에 여행을 떠나기 전날부터 긴장감과 부담감에 잠을 설쳤다. 운전하는 동안에도 긴장이 풀리지 않아 온몸에 힘이 들어갔고, 그렇게 여행을 다녀오자 어깨가 뭉쳐 며칠 동안 근육통에 시달려야 했다.

여행 떠나기 전부터 여행을 간 곳에서도, 여행을 다녀온 후에도 남편의 빈자리가 느껴졌다. 여행 가고 싶다는 우리의 한마디에 숙박과 교통편 예약, 여행 계획, 운전까지 다 해줬던 남편 생각이 나지 않을 수 없었다. 남편은 나처럼 부담을 느꼈을까? 운전대를 잡으며 긴장했고, 그래서 전날부터 잠을 설쳐야 했고, 다녀온 후에는 근육통에 시달려야 했을까? 그저 신난 우리와 달리 책임감에 마냥 즐기기만 할 수 없었을까? 이런 생각이 들 때면 눈물이 났다. 맛있는 걸 먹을 때 남편 생각이 났고, 노을 지는 하늘을 볼 때도 남편 생각이 났다. 두 아이가 잠든 후 맥주캔을 비워낼 때면, 함께 맥주를 마시며 풀어냈던 남편과의 수다가 떠올랐다. 남편의 코골이 소리가 없는 적막한 밤은 낯설었다.

엄마가 장거리 운전을 힘들어한다는 걸, 아니 유일한 보호자로서 떠나는 여행이 마냥 즐겁지만은 않다는 걸 알 리가 없는 철없는 두 아들 녀석은 연휴가 다가올 때마다 "이번 연휴에는 여행 안 가?"라는 기대 담긴 질문을 해왔고, 거절할 수가 없어 매번 뒤늦게라도 여행 계획을 세워야 했다.

지난 몇 년 동안 직접 숙소를 뒤져 예약했고, 교통편을 예약했고, 여행 계획을 세웠고, 자동차로 이동할 때는 운전대를 잡았다. 혼자

짐을 쌌고, 혼자 두 아이를 챙겼으며, 여행지에서 즐거운 하루를 보내고 잠든 두 아이를 보며 홀로 맥주캔을 비워냈다. 언제부터인가 맛있는 걸 먹어도 남편 생각이 나지 않았고, 노을 지는 하늘을 봐도 남편 생각이 나지 않았다. 남편의 코골이 소리 대신 고단했던 나의 코골이 소리가 적막을 깼고, 그렇게 쓸쓸하지만은 않은 밤을 보냈다. 빈자리에 허전함을 느끼지 않았으며, 여행지에서 우리 셋이서만 보내는 시간이 익숙하게 느껴졌다. 그사이 두 아이 모두 내 키보다 훌쩍 넘게 자랐고, 아빠만큼이나 커진 아이들이, 여행지에서 아빠와 함께였다면 어떤 대화를 나누고 있었을까 문득 궁금해지기는 했다. 수영장에 가면 늘 함께 놀아줬던 아빠가 없어도 형제끼리 잘 노는 모습을 보고 있자면, 아빠의 빈자리에 대해 투정 한 번 부리지 않고 이렇게 사이좋게 자라주고 있음에 감사한 마음이 들었다.

매년 일 년에 두세 번씩은 여행을 다녀왔고, 상실로 인한 아픔에 무뎌진 시간만큼 우리만의 여행에도 차츰 적응된 듯하다. 장거리 운전 6년 차인 올해, 여행을 다녀온 후에야 문득 운전하며 느낀 압박감이 없었다는 걸 깨달았다. 이번 여행을 마치고 집에 거의 도착했을 때쯤 아이들에게 물었다.

"엄마 이제 고속도로 운전 좀 하지?"

"응. 그런 것 같아."

첫째 아이가 엄지를 올렸다.

"이제 엄마가 운전을 잘하니까, 내가 꿀잠 잤잖아."

집으로 오는 내내 침까지 흘리며 단잠에 빠졌던 둘째가 웃었다. 사춘기 소년들의 칭찬에 뿌듯함을 느꼈다. 이제 운전뿐만이 아니라, 누군가의 도움 없이 혼자 할 수 있는 일이 많아졌다는 생각에 느낀 감정이었으리라.

남편 없이 떠나는 여행이 처음에는 어색하고 아팠지만, 이제는 익숙해졌다. 이 빈자리가 원래부터 내 삶에 존재했던 것처럼.

남편과의 사별 후, 나는 진정한 의미에서 어른이 되어가고 있음을 느낀다. 어른이 된다는 것은 자신의 삶에 책임을 지고, 어려움 앞에서도 당황하지 않고 대처할 수 있는 내면의 힘을 갖는 것을 의미한다. 나는 상실을 극복하며 스스로를 더욱 굳건히 하는 방법을 찾아가고 있다. 운전대를 잡는 것만으로도 느껴지던 긴장과 부담이, 이제는 우리 셋이 함께하는 여행의 소중한 순간들로 변화했다. 운전 실력이 늘었다는 것은, 단순히 차를 잘 몰 수 있다는 의미를 넘어서, 어려움 속에서도 앞으로 나아갈 수 있는 용기와 자신감을 얻었다는 상징이었다.

그럼에도 불구하고,
힙하게 삽니다

어른이 된다는 것은
자신의 삶에 책임을 지고,
어려움 앞에서도 당황하지 않고
대처할 수 있는 내면의 힘을 갖는 것을 의미한다.

추억의 섬,
제주

  초등학생 때인가 본 만화책에 등장했던 여자 주인공 가족 사이에는 금기어가 있었다. 워낙 오래전에 본 거라, 구체적인 단어가 기억나지 않지만, 돌아가신 아빠에 대한 기억을 상기시키는 것이었다. 멀쩡하게 잘 지내던 엄마가 갑자기 잠적하는 날이 있었는데, 그날은 아빠의 기일이었다. 만화책의 제목도, 주인공의 이름도, 내용도 기억나지 않는데 이 두 가지는 지금까지 기억이 난다. 사랑하는 가족이 조금 빨리 세상을 떠난다면 이런 아픔이 있겠구나, 하고 어렴풋이 상상해 봤던 게 뇌리에 남은 듯하다.

  의도하지 않게, 내지는 예상치도 못하게 나와 두 아이가 만화책 속 등장인물과 같은 처지가 되었다. 남편이, 아빠가 남들보다는 일찍, 그것도 갑자기 세상을 떠났다는 건 같지만 그들보다는 우리가 더 씩씩하게 살고 있다. 나는 남편의 기일에 잠적해서 두 아이를 걱정시키는 일이 단 한 번도 없었으며, 우리 가족 사이에는 남편, 아빠를 상기시킨다는 이유로 금기된 단어 같은 건 없었다. 자연스럽게 남편, 아빠 이야기가 나오면 재밌었던 일화에 웃음을 터뜨리기도, 그리움에 눈물을 글썽이기도 했다.

잠적이나 금기어 없이 잘 살던 나는 남편이 세상을 떠나고 2년이 지났을 때, 친구로부터 1박 2일의 가족여행을 제안받았다. 친구가 제안한 여행에 신이 나서 즉흥적으로 항공권과 숙소 예약을 마쳤다. 그 후 여행을 떠나던 날까지, 비행기가 이륙해 상공을 비행하던 중에도 가슴 깊숙한 곳 어딘가에 슬픔인지 그리움인지 모를 저릿한 통증을 느꼈다. 아이들의 웃음소리, 친구의 미소에 기대어 가슴에 어린 알 수 없는 감정을 외면했다.

이륙 후 한 시간쯤 지났을 때 안내 방송이 나왔다.

"우리 항공기는 곧 제주국제공항에 착륙합니다."

제주, 그곳이 나에게는 만화책에 등장했던 일종의 금기어 같은 것이었을까. 마음속에 남아있던 제주의 추억이 일렁이더니 뭉클함이 가슴을 때렸다. 창문 밖으로 눈이 갔다. 끝이 없어 보이던 푸른 바다, 그 끝에 육지가 보이기 시작했다. 제주였다.

그리웠어, 제주.

그리웠어, 그때 그 시절

이곳에서의 나 그리고 우리.

제주공항에서 한 시간 가까이 서쪽으로 달리다 보면, 한적한 동네가 나온다. 한경면 두모리. 2012년, 남편이 한경 보건지소에서 공중보건의를 하게 되어, 네 식구가 함께 살았던 곳이다. 보건소 위에 옥탑방 같이 지어진 관사에서 네 식구가 지냈다. 비좁고 열악했지만, 그곳에서 우리 가족은 가장 행복한 시절을 보냈다. 바람소리, 파도 소리만 들리는 그곳에서 우리는 한가로이 시간을 보냈다. 서두를 일 하나 없이 여유로웠다. 마음이 온전히 평온했다.

6시에 보건소 문이 닫히면, 근처 협재 해변이나 애월 해안가로 놀러 나갔다. 주말이면 오름, 해변, 관광명소 등 제주 곳곳으로 놀러 나갔다. 밖으로 나가지 않고 비좁은 관사에만 있어도 웃음이 끊이지 않았다. 가장 행복했던 때를 꼽으라면, 나는 고민 없이 두모리에서의 시절을 꼽을 것이다. 평온함만 마음을 채웠던 그 시절, 평온이 나에게 가장 큰 행복의 요소임을 깨달았던 때다.

우리가 머물던 숙소나 일정은 동쪽이었기에 다행이라고 생각했다. 행복했던 추억을 마주하면 외면하고 있던 수많은 감정에 무너질 것 같았다. 첫째 날, 우리는 제주의 동쪽에서 즐거운 시간을 보냈다. 남편이, 지난 시절의 우리가 떠올랐다는 걸 드러내지 않은 채로.

이튿날 저녁, 공항으로 가기 전에 애월 맛집에 가기로 했다. 친구와 각자 차를 타고 서쪽으로 이동하던 중에 이대로 추억을 묻어두고, 외면하고 제주를 떠나버리면 미련이 남을 것 같았다.

"먼저 가 있을래? 애들이랑 우리 살던 보건소에 잠깐 들렀다가 갈게."

친구는 내 마음을 알았는지, 아무것도 묻지 않고 그러라고, 편히 다녀오라고 했다.

두 아이를 태우고 애월을 지나, 협재 해변이 있는 한림을 지나, 한경면으로 갔다. 우리의 추억 속으로 갔다. 네비가 친절하게 길을 안내했지만, 굳이 안내가 필요하지 않았다. 익숙한 길이었기 때문이다. 눈을 감고 기억 속에서만 그렸던 그 길을 가고 있었다. 가는 내내 가슴이 두근거렸다. 기대됐던 걸까, 아니면 아플까 봐 겁이 났던 걸까. 심호흡해가며 평소보다 신중하게 운전해 드디어 한경 보건지소 앞에 도착했다.

"여기가 우리가 살던 보건소야. 기억나? 여기는 너희가 다녔던 어린이집. 아, 여기는 우리 자주 가던 카페야. 기억나?"

두 아이는 어렴풋이 기억이 나는 것 같기도, 아닌 것 같기도 하다고 했다. 십 년 가까운 세월이 지났지만, 한경면 두모리는 그대로 멈춰 나를 기다린 듯, 변함없이 그때 그 모습 그대로였다. 행복했던 지난 시절의 추억이 아플까 봐 외면하려 했지만, 막상 와서 마주하자, 아프지 않았다. 그저 아름다운 그리움만 남아 가슴에 닿을 뿐이었다. 그때와 달리 이제는 셋이 되어 왔지만, 낯설지 않았다.

1박 2일의 짧았던 제주 여행은 내 생애 가장 아름다웠던 그 시절로의 추억 여행이었다. 아픔을 제대로 마주 봐야 비로소 그 아픔이 치유된다는 말을 실감했다.

우리 네 가족이 가장 행복했던 때를 보낸 섬, 제주는 우리 가족에게 특별한 곳이었다.

우리 세 식구는 작년 여름 다시 한번 제주 여행을 다녀왔다. 훌쩍 떠나기에 좋은 가까운 휴양지, 제주. 설렘과 즐거움이 가득한 곳, 이제 우리에게 제주는 그런 곳이다.

그럼에도 불구하고,
힘하게 삽니다

평온함만 마음을 채웠던 그 시절,
평온이 나에게 가장 큰
행복의 요소임을 깨달았던 때다.

어쩌지
익숙한 날짜

2019년 이후로 줄곧 그런 날이 있었다. 아내이지만 남편은 없는 나로서는 기념해야 할지, 말아야 할지 모르겠는 그런 날. 결혼기념일을 어떻게 보내야 할지 매년 고민스러웠다. 혼자 기념하기도 뭐하고, 아무 날도 아니지, 하며 무시하고 지나가기도 좀 그런 애매한 기분이 드는 날이었다. 차라리 날짜를 잊고 싶다고 생각했지만, 불가능했다. 인간의 뇌는 부정의 개념을 이해하지 못한다고 하지 않던가. '10월 13일, 날짜를 기억하지 마'라고 수없이 되뇌어도, 끝내 기억하고 말았다. 매년 9월 말부터 그 날짜가 떠올랐고, 그때부터는 몸이, 감정이 반응했다. 이러지도 저러지도 못하고 갈팡질팡하던 나의 몸과 감정은 모든 걸 놓고 무기력해지고 말았다. 무기력감은 결혼기념일로부터 한 달 정도 후인 남편의 기일까지 이어졌다. 가장 좋아하던 가을을 싫어하게 된 것도 이 때문이다.

   2023년 10월 13일, 나는 오랜만에 모이는 대학 친구들과의 약속을 위해 아침부터 분주했다. 10월 13일, 핸드폰 액정에 뜬 날짜를 보고 고개를 갸우뚱했다.
   "익숙한 날짜였는데, 무슨 날이었더라."
   혼잣말을 중얼거리면서도, 왠지 낯설지 않았던 날짜를 기억해 낼 틈이 없이 서둘러 준비를 마치고 집 앞으로 데리러 온 친구의 차에 올라탔다. 그간 밀렸던 친구와의 수다를 풀어내느라 날짜를 곱씹을 겨를이 없었다.
   힘들게 예약한 '핫플'은 들어서자마자 우리를 순식간에 홀릴 만큼 멋지게 꾸며진 곳이었고, 친구들과 나는 왜 이렇게까지 이곳이 인기가 많은지 알겠다며 신나게 사진을 찍어댔다. 음식 맛도 기대 이상이었기에 쉬지 않고 음식을 먹었다. 이래저래 신난 와중에 친구들이 조금 이른 깜짝 생일파티를 해줬다.
   "생일 축하합니다. 생일 축하합니다. 사랑하는 수정이, 생일 축하합니다."
   친구들의 생일 축하 노래가 끝날 때쯤 눈물을 왈칵 쏟고 말았다.
   "왜 울어, 감동 받았어?"
   친구들의 물음에 "오늘이 결혼기념일이었어. 어쩐지 익숙한 날

짜더라"라며 애써 웃어 보였다. 친구까지 덩달아 눈물을 글썽이기에 나는 재빨리 눈물을 닦아버렸다. 눈치 있는 눈물은 더 이상 쏟아져 나오지 않았다.

"이런 적은 처음이야. 결혼기념일을 깜박하다니."

죽을 때까지 절대 잊지 못할 줄 알았던 결혼기념일을 기억하지 못하다니. 조금 당황스러웠다. 우리의 기념일을 이렇게 잊어도 되는 걸까, 남편에게 미안한 마음도 들었다. 잠시 말을 잃은 나를 향해 친구들이 잔을 들어 올렸다.

"한잔해!"

나도 잔을 들어 친구들의 잔에 쨍, 하고 부딪혔다. 우리는 그렇게 웃으며 물잔을 비워냈다. 나를 향해 환하게 웃어주는 친구들을 보며 나도 밝게 웃어줬다. 환한 미소를 띤 우리의 눈에는 눈물이 맺혀 있었다. 그걸로 충분했다. 더 이상 당황스럽지도 않았으며, 마음에 잠시나마 어렸던 미안함도 금세 흘러갔다.

잊으려 한다는 건,
놓지 못하고 있는 것이었다.

남편 없이 홀로 맞이한 네 번째 결혼기념일에야 비로소 남편과 함께한 과거의 나를 놓아주었다.
앞으로 우리의 기념일을 기억하지 못한다고 해도, 함께한 우리를 놓았다고 해도 서운하거나 미안하지 않을 것이다. 나도, 남편도.

남편의
기일

2023년 11월, 남편의 4주기 날이었다. 4년 전, 악몽 같던 현실을 마주하던 아침과 달리, 요란스럽지도, 적막하지도 않은 보통의 아침을 맞이했다. 7시부터 알람이 울렸고, 오 분 간격으로 서너 번째 울린 알람을 끄고 나서야 겨우 몸을 일으켜 두 아이를 깨우기 시작했다. 둘째 아이는 일어나자는 한 마디에 벌떡 몸을 일으켜 세수하러 욕실로 들어갔다. 첫째 아이는 몇 번을 깨워도 일어나지 않아 결국 내가 소리를 꽥 지르고 나서야 겨우 몸을 일으켜 욕실로 들어갔다. 두 아이가 씻는 동안 간단한 아침 밥상을 차렸다. 등교 준비를 재촉해가며 나 역시 외출 준비를 서둘렀다. '대체 언제쯤 스스로 제시간에 등교 준비하게 될까'라는 생각에 나도 모르게 한숨이 나왔다. 한숨 소리가 컸는지, 첫째 아이가 나를 보며 물었다.

"왜 한숨 쉬어? 추모 공원 가기 싫어?"

전날 밤, 첫째 아이와 이런저런 이야기를 나눈 터였다.

"내일 엄마 추모 공원에 또 가야 해."

"일요일에 다녀왔잖아."

"내일은 기일이라서 가야 해. 너희는 학교 가니까 일요일에 미리 다녀온 거고. 내일은 엄마도 안 가고 싶다."

"왜?"

"추모 공원에 가면, 아빠가 세상을 떠난 게 문득 실감 나잖아."

잠시 생각에 잠겼던 첫째 아이가 말했다.

"가기 싫으면 가지 마."

그 한마디가 왠지 위로됐다.

"엄마 마음 이해하는 거야?"

"힘든데 억지로 갈 필요가 뭐 있어."

"난 의리 있는 부인이니까!"

내 말에 아이가 엄지를 올렸다.

"시그마!"(첫째 아이 친구 사이에서 유행하는 말로, '매우 멋지다'를 뜻하는 말이다.)

"빨리 가! 지각하겠어!"

"빠이!"
"다녀올게!"

　매일 지각 직전에 집을 나서는 두 녀석이다. 남편의 기일이었지만, 두 아이는 평소와 다를 바 없이, 지각을 면하기 위해 서둘러 학교로 향했다. 아빠의 기일, 그 날짜가 주는 일종의 트라우마가 없도록 일부러 1주기 때부터 당일이 아닌 그전 주말에 미리 추모 공원에 데리고 다녀왔다. 두 아이와 나는 추모 공원에 가서도 자연스러운 모습으로 남편을, 아빠를 만난다. 우리끼리 수다를 떨기도 하고, 별말 없이 핸드폰을 들여다보기도 한다. 우리가 보내는 일상에서 마주했을 때처럼 그렇게.

"우리가 왔어. 잘 지냈어? 우리는 오빠 없이 힘들었어." 내지는 "아빠, 너무 보고 싶었어. 아빠가 보고 싶은데 볼 수 없어서 슬펐어." 이런 말을 하며 눈물을 쏟지는 않는다. 각자가 남편의, 아빠의 부재를 실감할 수밖에 없는 곳이지만, 우리는 그저 그렇게 평소와 다를 바 없이 대화를 나누고 시간을 보낸다. 이게 우리만의 추모 방식이다.

두 아이를 등교시킨 후 준비를 서둘러 추모 공원으로 향했다. 매년 남편의 기일에는 남편이 잠들어 있는 추모 공원에 가족끼리 모여 우리만의 조촐한 추도식을 한다. 2주기까지는 나 스스로에게까지 감정을 숨겼던 건지, 추도식에서 눈물이 나지 않았다. 내가 남편을 덜 사랑했던 걸까, 하는 생각에 남편에게 미안해질 만큼 무덤덤했다. 덤덤한 모습을 본 사람들은 나더러 독하다고 생각했을지도 모르겠다.

그런데 작년, 그러니까 3주기가 되어서야 비로소 가족들 앞에서 울음이 터졌다. 조금은 당황스러웠다. 3주기를 맞이할 때쯤에야 아픔이 치유됐다고 느끼던 터였는데, 이렇게 큰 울음이 터지다니. 아버님께서 아들에게 보내는 편지를 낭독하셨는데, 덤덤하게 편지를 읽어 내려가는 아버님의 낮은 목소리에 3년간 움켜쥐고 있던 감정이 무너져 내렸고, 그대로 울음이 터지고 말았다. 장례식장에서, 화장터에서 터져 나왔던 짐승 같은 울음이었다.

그날 이후 지난 1년간 내 마음은, 남편을 향한 수많은 감정은 이제 무뎌진 듯했기에, 역시 시간이 약이구나 싶었다. 그래서 남편의 4주기에는 정말로 무덤덤할 줄 알았다.

'아버님이 편지만 낭독하지 않는다면 괜찮을 거야.'

다행히 올해는 아버님이 편지를 안 써오셨다고 했다.

가족들끼리 조촐한 추도식이 시작되었다. 담담한 마음으로 찬송가를 부르기 시작하는데 갑자기 울컥하더니 주체할 수 없이 울음이 쏟아져 나왔다. 이번에도 볼륨 조절이 되지 않는, 그쳐보려고 해도 의지대로 되지 않는 그런 울음이었다.

'왜 그렇게 훌쩍 떠나서 나 혼자 많은 걸 책임지고 감당하게 하는 거야.'

지난 한 해 동안 첫째 아이의 사춘기로 인해 힘들었던 마음이 남편을 향한 원망으로 쏟아져 내린 듯했다. 3주기에는 남편을 향한 그리움이 담긴 울음이었다면, 4주기에는 남편을 향한 원망이 담긴 울음이었다.

울음이 그쳤을 때쯤에는 마음이 조금 후련해졌고, 그러자 남편에게 미안해졌다.

"진짜 오빠를 원망한 건 아니야. 투정 부린 거야. 내가 많이 힘들었나 봐."

마음속으로 말했다. 한참 동안 마음속에 쌓였던 감정을 울음으로 쏟아냈고, 그러자 후련했다.

이제 남편의 기일은 미처 흘려보내지 못했던, 감추고 외면해 왔던 감정을 쏟아낼 수 있는 날이 되었다. 원망이든, 그리움이든, 불평이든, 투정이든, 기일만큼은 남편에 대한 감정을 숨기지 않고 드러낼 수 있게 되었다. 아픈 날이 아니라 남편을 향한 감정에 솔직해질 수 있는 날이 된 것이다.

아픔이 치유된 만큼
솔직해졌다.

셋이 만든
크리스마스

　크리스마스는 매년 우리 가족에게 가장 특별했던 날이다. 크리스마스가 되면 우리 가족은 1박 2일로 여행을 떠났다. 근처로 갈 때도, 멀리 갈 때도 있었는데 여행지가 어딘지, 그건 우리에게 크게 중요한 건 아니었다. 워낙 바쁜 남편이었기에, 짧게나마 떠나는 가족 여행은 우리에게 유난히 소중했다. 일주일도 되지 않는 남편의 여름 휴가에도 무조건, 아니 만사를 제쳐두고 여행을 떠나기는 했지만, 크리스마스는 뭐랄까, 예수님이 주신 특별한 하루만의 휴가 같은 느낌이었다.

　어디를 가도 북적이는 크리스마스. 가는 곳마다 귀에 닿는 시끌벅적한 웃음소리, 그사이에 울려 퍼지는 캐럴, 길에서 스치는 이름

모를 사람들의 얼굴에 어린 설렘이나 즐거움. 교통체증, 정신없는 인파, 혼잡스럽고 복잡해도, 그래서 오랜 대기시간으로 인해 추위에 떨어야 한다거나, 제때 식사하지 못해 배고픔에 발을 동동 굴러야 하는 예기치 못한 상황 속에서도 이상하게 짜증 한 번 나지 않는 그런 날, 한없이 너그러워지는 그런 날, 크리스마스. 각자 바쁜 일상을 살던 우리 넷이 오랜만에 모여(일이 바빠도 너무 바빴던 남편은 평일에도, 주말에도 얼굴 보기가 힘들었다.) 잠시나마 일상을 벗어나던 그 하루의 소중함은, 지나가는 한 해를 행복하게 마무리하며 다가오는 새해를 기쁘게 맞이할 수 있는 원동력이 되어주곤 했다.

남편이 떠난 후 처음으로 맞이하는 크리스마스는 남편이 세상을 떠나고 한 달밖에 지나지 않았을 때였다. 그때 언니네 가족이 우리 셋을 집으로 초대해 스테이크도 구워 먹이고, 함께 시간을 보내줬다. 두 아이와 나는 시끌벅적하고 즐거운 크리스마스를 보냈다. 아이들의 마음은 어땠을까. 어려서 뭘 몰랐을까, 아빠 없이 처음으로 맞이하는 우리만의 특별한 날이 어색하게만 느껴졌을까, 아니면 슬펐을까. 당시 나는 공허하고 슬펐지만, 누구에게도 드러내지 않았다. 슬픔도, 허전함도, 아픔도 그저 마음속에 묻어둘 뿐이었다. 아이들도 나처럼 슬픔을 드러내지 못하고 꾹꾹 눌러 담고 있었을까.

그 이후로 네 번째 크리스마스까지는 언니네와 함께 시간을 보냈다. 덕분에 외롭지 않게 보낼 수 있었다. 시간이 흐르면서 아픔에 무뎌졌다고 해도, 연휴나 명절이 되면 마음이 시큰해졌다. 특히나 우리에게 특별했던 크리스마스에는 더 그랬다.

얼마 전은 남편이 떠난 후 우리끼리 맞이하는 다섯 번째 크리스마스였다. 이번에는 우리 셋이서만 여행을 떠났다. 언니가 "올해 크리스마스에는 독립했네"라고 했다. 정말 그랬다. 이제는 나 혼자서도, 우리끼리도 할 수 있는 게 많아졌다.

어딜 가도 사람이 많았던 크리스마스 여행은 꽤 피곤했다. 전날부터 내린 눈으로 인천까지 운전하는 길이 조심스러웠고, 크리스마스 성수기였기에 우리가 묵을 호텔 주차장에 도착해서도 자리가 없어 한 시간을 기다려야 했다. 호텔 내에서 들어가는 식당마다 대기가 많았고, 오랜 대기 끝에 점심 시간을 훌쩍 넘기고서 점심을 먹을 수 있었다. 호텔 밖으로 나가기에는 시간이 애매했고, 호텔 내에서 하려고 하는 것마다 예약이 차서 할 수 없었다. 평소 같았으면 짜증을 냈을 법한 사춘기 소년들은 짜증 한 번을 내지 않았고, 나 역시 마찬가지였다. 짜증이 나는데 참았다기보다, 왜인지 짜증이 나지 않았다. 크리스마스 매직인가?

두 아이가 고대하던 수영장에도 사람이 많아서 급격한 피로를 느낀 우리는 한 시간이 채 되지 않는 수영을 마치고 호텔 방으로 돌아와야 했다. 다음 날, 여러 가지 사정상 근처 바다에도 들르지 못하고 오전 일찍 집으로 돌아왔다.

"아쉽다. 이렇게 우리의 크리스마스 여행이 순식간에 지나가 버렸네."

집으로 돌아오는 차 안에서 둘째가 말했다.

"그러니까. 여기까지 와서 바다에도 못 가고."

큰아이가 덧붙였다.

"엄마도 아쉽네. 딱히 뭘 한 건 없었어도, 즐거웠다 우리. 그렇지?"

두 아이 모두 그렇다고 했다.

우리는 즐거웠다. 사람이 많아서 할 수 있는 게 없었고, 계획한 대로 되지 않았지만, 짧은 여행을 아쉬워할 뿐, 불평 없이 즐거움만 안고 돌아올 만큼이었다.

몇 년 만에 사서 침대에 펼쳐놓은 레고, 배 터지도록 먹은 룸서비스, 함께 시청한 가요대제전, 그것들 때문만은 아니었다. 이제는 우리 셋이서, 우리만의 크리스마스를 즐길 줄 알게 된 것이었다.

사랑하는 사람의 부재에 적응하고 우리끼리도 크리스마스를 즐기게 된 건, 크리스마스가 우리에게 준 진정한 선물이 아닐까, 하는 생각을 해봤다.

Chapter 5

힙한 과부!
힙한 엄마?

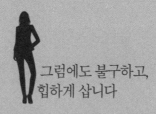

그럼에도 불구하고,
힙하게 삽니다

힙한 엄마?

나를 사랑하는 삶은, 오로지 '나'로서의 삶은 행복하고, 만족스럽다. 남편의 부재라는 큰 결핍을 안고 있음에도 불구하고 그렇다. 스스로 '힙한' 과부라고 칭할 만큼이나. 그렇다면 나는 '엄마로서도 힙하게 살고 있을까?'라는 고민을 해보게 된다. 나는 나, 한수정으로서 존재하기도 하지만, 두 아이의 엄마로서도 이 세상에 존재하기에. 힙한 엄마가 되고 싶은데, 현실은 걱정 많은 잔소리쟁이 엄마다. 마음이 약하고 엄하지 못한데, 그렇다고 자유로운 두 아이의 성향을 믿고 그대로 존중해 줄 만큼 '쿨'하지도 못하다.

재작년 겨울, 큰아이는 나에게 좋은 엄마라고 했었다. 가족들이 모인 자리에서 공개적으로 "엄마가 우리한테 잘해준 덕분에 우리가 이렇게 밝게 잘 지낼 수 있는 거야"라는 감동적인 말을 했다. 아빠가 세상을 떠났고 그로 인해 큰 충격과 슬픔이 있었지만, 이제는 아이의 마음이 평온해졌다는 의미로 다가왔다. 내 마음뿐 아니라, 두 아이의 평온을 최우선으로 살아온 지난 몇 년간, 그걸 지켜내겠다는 의지가 괴력을 발휘했던 건지, 아이들에 대한 불안이나 걱정이 지금처럼 크지 않았다. 게으른 모습을 보면 때가 되면 '성실해지겠지'라고 생각했다. 반항적인 행동이나 말투에는 '원래 그럴 때지, 이 정도면 누구나 다 하는 정도의 반항이야'라고 생각했다. 친구가 많은 큰아이를 보면서 '참 성격이 좋은 아이야'라고 생각했고, 친구가 별로 없는 둘째 아이를 보면서는 '원래 성향이 그런 거니 괜찮아'라고 생각했다. 평온한 엄마의 마음이 전해져서였을까, 두 아이도 편해 보였다.

나를 사랑하게 된 만큼 내 마음의 평온을 찾았듯, 두 아이를 사랑하는 만큼 엄마로서 마음도 평온하면 좋을 텐데, 아이에 대한 욕심, 아이의 미래에 대한 불안은 왜 다시금 고개를 들고 있는 걸까.

두 아이의 행복을 바라는 만큼 아이들의 미래에 대해 걱정하고 마음 쓰게 된다. 아이를 믿는다고 하면서도 갖게 되는 걱정과 불안, 그리고 그로 인한 잔소리는 도무지 멈추기가 힘들다. 잔소리가 엄마의 본능이라고 생각될 정도다.

　얼굴 보기 힘들 만큼 바빴다고 해도 아빠가 있는 것과 없는 건 아이들에게, 특히 아들에게는 분명 다를 것이다. 아빠의 빈자리를 내가 채울 생각은 없다. 애초에 불가능한 일이라는 걸 안다. 아빠의 부재라는 결핍은 그대로 인정하고 엄마로서 사랑을 쏟으려 노력하고는 있지만, 불균형한 엄마만의 사랑이 과연 두 아이에게 온전한 충족을 줄 수 있을까 걱정된다.

　첫째 아이는 중학교 3학년이던 지난 1년 동안 몸도 생각도, 마음도 부쩍 성숙해졌다. 그만큼 내가 아이를 더 믿어줬으면 좋았을 텐데, 자꾸 걱정이 앞서 잔소리가 많아졌다. 불안이나 걱정이 불쑥 올라온 날이면 차가운 말이 나가고, 잔소리가 심해졌는데, 그럴 때면 아이의 말투와 표정에서 반항기가 생겼다. 불안과 걱정을 잘 흘려보내고 아이의 어깨도 주물러 주고, 손도 잡아주고, 따뜻한 말을 해주는 날에는 아이의 말투나 표정이 원래대로 부드럽고 상냥해졌다. 두 아들의 몸과 마음이 건강하게 자라는 데에는 내 걱정과 불안보다는 아이들에 대한 믿음이 중요하다는 걸 매번 깨닫는다.

며칠 전, 큰아이가 나에게 엄마는 왜 일어나지도 않은 일을 미리 걱정하느냐고 했다. 현재 만족스럽지 못한 일도 나중에는 달라질 수 있는 건데 왜 부정적으로 예상하고 불안해하냐는 것이었다. 나로서는, 내 일에 있어서는 긍정적인 편인데 엄마로서는 그게 어렵다. 두 아이의 유일한 부모이자 보호자로서 아이들을 올바르게 키워야 한다는 책임감이 조금은 과한 불안과 걱정을 유발하는 듯하다. 아이들을 사랑하는 만큼, 두 아이가 나에게 너무 소중한 존재이기에, 아이들과 관련된 건 사소한 일조차 그대로 넘기지 못하고 예민하게 반응하게 된다. 성실하지 않은 태도를 보면 걱정되고, 연락이 닿지 않으면 불안해진다. 반항적인 행동이나 말투에는 엄하게 혼내야 할지 고민스럽고, 내가 제대로 가르치지 못하고 있는 건 아닌지 걱정된다. 아이가 힘들다고 하면 마음이 아픈 그 상태에서 벗어나지 못할까 봐 불안하다.

열심히 신앙생활을 하던 때, 하루도 거르지 않고, 아침저녁으로 두 손을 모아 기도했었다. 주로 두 아이를 위한 기도였다.

"두 아이가 상처받지 않는 하루를 보내게 해 주세요. 두 아이가 힘들거나 아플 일 없도록 해 주세요. 오늘도 무사히 보내게 해 주세요. 주님의 보혈로 아이를 보호해 주세요. 오늘은 행복만 가득한 하루 보낼 수 있도록 해주세요. 목표한 일 꼭 성공하게 해 주세요."

한순간도 간절하지 않은 적이 없었다. 아이들의 아픔이나 상처에 대해서는 촉각을 곤두세우게 되었다. 정작 당사자인 아이는 인지하지 못했을 상처를 굳이 끄집어내 아파하고 괴로워하며 기도했다.

이제는 안다. 살아있는 동안 상처받지 않을 수 없다. 아프지 않을 수도 없다. 행복만 가득한 삶을 사는 건 불가능한 일이다. 지난날 내가 눈물까지 흘리며 간절히 했던 기도는 애초에 잘못된 것이었다.

"아이들이 상처받더라도 회복할 힘을 주세요. 좌절해도 일어날 수 있는 단단함을 주세요. 목표한 일에 성공하지 못한다면 그것 또한 주님께서 계획하신 일인 줄로 압니다. 다른 길로 인도해 주세요. 곁에 있는 소소한 행복을 볼 수 있는 지혜를 주세요."

아이가 겪는 시련에도 흔들리지 않는 단단함, 불안해하지 않고 아이를 믿어주는 평온한 마음을 가진 엄마가 '힙'하다고 생각하는데 그게 정말 맞는 걸까? '힙한 엄마'는 어떤 엄마일까?

늘 미안하고
또 미안한
나는 '을'이다.

을의 마음

마음을 나누는 데에 있어서, 기꺼이 '을'이 될 때가 있다. 상실 후에 내가 달라졌다고 해도, 엄마로서 을의 마음을 갖는 건 변함없다. 엄마가 된 이후로, 내가 가장 궁금해하고 관심을 쏟는 건 두 아들의 마음이다. 내 마음보다도 더 신경 쓰고 이해하려 애쓰며 살고 있다. 이렇게 내 마음을 써가며 누군가의 마음을 알아주려고 발버둥 친 적은 없었다. 살아가는 동안 크고 작은 고난을 겪을 때, 엄마인 나에게만큼은 다 털어놓고 기댈 수 있으면 좋겠다. 이해 받고, 공감 받고 있다는 걸 느끼면 적어도 나에게는 기댈 수 있지 않을까?

며칠 전, 친구가 속상하다며 하소연을 해왔다.

"나는 아이 마음을 알아주려고 노력했고, 나름 잘 알아준다고 생각했는데 아니었나 봐. 자기 마음을 몰라준다면서 짜증 내더라고. 속상한데, 내가 더 아이 입장으로 생각해 보려고."

아이와 마음을 나누는 데에 있어서 '을'의 입장인 건 나뿐이 아닌 듯하다.

사춘기를 겪고 있는 두 아들의 마음은 이해되지 않을 때가 많다. 철저히 을이 되어, 내 사고방식을 배제하고서도 이해하려 하지만 쉽지 않다. 이 녀석이 지금 제정신인가? 하는 생각을 종종 하게 된다. 친정엄마가 사춘기였던 남동생에게 "주먹이 운다, 울어"라는 말을 한 적이 있는데, 딱 그 심정이다. 주먹이 운다, 정말!

아들이라서 더 이해할 수 없는 걸까? 남편이 살아있었다면, 아빠가 같은 남자로서 이해하고 공감해 줄 수 있었다면, 질풍노도 속에서 아이가 덜 흔들릴 수 있었을까? 나에게 남편이 없는 건 이제 괜찮아졌지만, 아이들에게 아빠가 없는 건 여전히 마음이 아프다.

속이 터질 듯 답답해도 참다가, 참다가 한 번 잔소리하면 어찌나 격한 반응이 오는지. 며칠 전에는 첫째 아이에게 잔소리했더니 "나를 좀 내버려 둬! 참견하지 말고!"라며 소리를 질렀다. 나도 목청껏 말했다.

"엄마한테 버릇없이 말하지 말라고 했지. 선은 넘지 말아야지."

얼굴이 새빨개졌던 아이가 갑자기 눈물을 흘렸다.

"엄마가 말하지 않아도 나도 다 안다고! 내가 너무 힘들어 요새. 사춘기인가 봐, 사춘기가 원래 그런 시기라며."

평소에 안 우는 녀석의 눈물을 보자 순식간에 죄책감이 들었다. 아이에 대한 불만, 걱정보다 미안함이 앞섰다. 내가 아이 마음을 더 이해해 줬어야 하는데…….

"너 힘든 거, 네 마음 알아주지 못해서 미안해."

미안하다는 말에 아이는 반항적인 눈빛을 거뒀다. 그러더니 예상치 못한 말을 했다.

"나도 매일 밤 자기 전에 기도해. 내일은 엄마한테 더 잘하게 해 달라고."

이 녀석, 그래도 내 마음을 알아주고 있던 걸까?

"결국 내가 마음을 알아주지 못해서 미안하다고 했잖아요."

지인에게 그날의 이야기를 들려주자 "수정 씨는 잘못 없는데도 매번 아이에게 미안하다고 하네요"라고 했다. 사춘기 아이의 모습에 답답하고 화나고, 아이가 미워질 때도 있다. 큰소리 내며 싸우기도 하고, 모진 말로 서로에게 상처를 주기도 한다. 곰곰이 생각하다 보면, 매번 내가 잘못했다는 결론에 이른다. 아이의 마음을 더 알아주지 못해서, 더 사랑해 주지 못해서, 따뜻한 말 대신 뾰족한 말을 내뱉어서, 그래서 미안하다.

늘 미안하고 또 미안한 나는 '을'이다. 아이의 마음을 이해하기 위해, 잔소리를 덜 하기 위해, 더 많이 사랑해 주기 위해 노력하고 있는 내 마음을 아이들이 몰라줘도, 모르는 체해도, 기꺼이 두 아들의 '을'로 살고 싶다. 이런 마음으로 힙한 엄마가 될 수 있는 걸까?

을의 마음,
이게 엄마로서
내 마음인걸.

두 아이를 위해서라면 지치지 않고,
언제든 어디라도 달려가는 슈퍼우먼 같은 든든한 엄마,
이런 게 힙한 엄마인 걸까?

든든한
엄마

언제 크나 했는데 어느새 두 아이가 내 키를 훌쩍 넘었다. 아이들과 함께 길을 가다가 아는 사람을 만나면 어김없이 들려오는 말이 있다.

"많이 컸다. 든든하겠어요, 아들 둘."

두 아이와 함께 찍은 사진을 인스타그램에 올리면 어김없이 달리는 댓글이 있다.

"와, 든든해요."

"아들 둘, 든든하겠어요. 수정 씨."

엄마보다도 이만큼이나 컸으니 얼마나 든든하고 듬직하겠냐는 것이다. 그럴 때마다 나는 어깨를 힘껏 올리며 말한다.

"아니요. 제가 든든한 엄마예요!"

댓글에도 답한다.

"아직은 내가 든든한 엄마예요."

나보다 한참이나 커진 키만큼 아이들이 성숙해졌다면 좋겠지만, 두 녀석 다 아직은 키만 큰 어린애다. 간섭받기 싫어하고 잔소리는 듣기 싫어하지만, 아직은 여러 가지로 엄마인 나의 손길이 필요하다.

아들 엄마인 언니들은 나더러 애들 앞에서 좀 연약해 보이라고, 그래야 애들이 엄마 걱정도 하고 잔소리 안 해도 알아서 한다며 나름의 '팁'을 알려줬는데, 연약해 보이는 게 나에게는 힘든 일이다. 사소하게는 무거운 걸 들어야 할 때도 아이들에게 부탁하지 않고 내가 척척! 들어낸다.

두 아이 앞에서뿐 아니라, 사람들 앞에서는 씩씩한 모습을 보이게 된다. 슬픔이나 불안 등 부정적인 감정이 턱 끝까지 차오를 때는 철저히 혼자가 된다. 집에 같이 사는 아이들에게조차 내가 힘들다는 걸 드러내지 않기 위해 감정을 숨긴다. 모든 걸 털어놓는 친한 친구에게도 힘든 감정이 진행 중일 때는 말하지 않았다가, 감정을 흘려보낸 후에야, "사실은 얼마 전에 이랬어"라고 말하는 정도다.

무언가를 물어보거나 부탁하는 게 싫어서 혼자 검색해서 알아보고 낭패를 본 적도 많다. 얼마 전에는 카센터를 검색해서 찾아갔다가 사기꾼을 만나 씁쓸한 경험을 했다. 갈지 않아도 될 부품도 갈아야 한다고 했는데, 인상 좋은 카센터 사장님, 아니 사기꾼의 말을 철석같이 믿고 맡겼다가 차를 망가트릴 뻔했다. 스트레스를 받아 일주일 사이 몸무게가 3kg이나 빠졌지만, 이 또한 인생 경험이려니 하고 말았다.

나는 원래 이런 사람이 아니었다. 툭하면 울고, 혼자서는 아무것도 못하는 사람이었다. 상실 후 홀로서기를 하며 뭐든 기대지 않고 스스로 해내려는 의지가 생긴 모양이다. 강인해 보이고 싶어서는 아니고, 진정한 홀로서기를 원하는 마음 때문이다.

두 아이 앞에서 뭐든 척척! 해내려 하고, 약한 모습을 보이지 않으려 하는 건 강인해 보이고 싶어서다. 아빠는 갑작스럽게 우리 곁을 떠났지만, 엄마는 이렇게 든든하게 곁에 있다고, 그러니 안심하라고 몸소 보여주고 싶은 것이다.

"엄마 참 든든하지?"라고 농담처럼 던진 질문에 두 아이가 모두 그렇다고 답했던 적이 있다. 사춘기 소년들의 답을 기대하고 물었던 건 아닌데 망설임 없이 답해줘서 고마웠다.

두 아이를 위해서라면 지치지 않고, 언제든 어디라도 달려가는 슈퍼우먼 같은 든든한 엄마, 이런 게 힙한 엄마인 걸까?

그럼에도 불구하고,
힘하게 삽니다

엄마는 이렇게 든든하게 곁에 있다고,
그러니 안심하라고 몸소 보여주고 싶은 것이다.

롤모델이 없어도
괜찮아

　질풍노도의 한가운데에 있는 두 아이는 수시로 감정도 오락가락, 기분도 갈팡질팡한다. 다행스럽게도, 지난 몇 년간의 노력 끝에 두 아이 모두 힘든 순간에 엄마인 나에게만큼은 마음속 이야기를 털어놓는다. 또 한 가지 다행스러운 점은 두 아이의 '힘든' 시기가 겹치지는 않는다는 것이다. 한 녀석이 괜찮아지면 다른 녀석이 '힘든' 시기임을 어필한다. 나에게는 아들의 예민한 시기가 번갈아 가며 계속된다는 게 어려움이기는 하지만, 이게 엄마의 숙명이라는 생각으로 기꺼이 두 아이의 이야기에 귀 기울인다.

　작년 중학교에 입학했던 둘째 아이는 두 달 정도 '힘든' 시기를 보냈다. 당시 둘째는 어떻게 사는 게 잘 사는 건지 모르겠다는 고민에 빠져 있었다.

"열심히 살아야 한다는 건 아는데 그게 잘 안 돼. 나는 왜 사는 걸까? 잘 살고 있는 걸까? 나는 존경하는 사람을 롤모델 삼아 가치관을 정립해 나가. 원래는 아빠가 내 롤모델이었거든. 그런데 아빠는 일찍 돌아가셨고, 결국 이 세상에 완벽한 사람은 없는 것 같아. 나는 누굴 보며 배워가야 해?"

눈물까지 흘리는 아이를 보며 말문이 막혔다. 내가 중학교에 입학했을 때, 그 무렵 이런 생각을 했던가? 이건 내가 이제야 하는 고민인데, 이 녀석은 벌써 이런 걸 고민하다니. 나보다도 생각이 깊은 아이에게 대체 무슨 말을 해 줘야 할지 난감했다.

"엄마가 마흔 넘어서 하는 고민을 너는 벌써 하니. 이 세상에 완벽한 사람은 없어. 롤모델이 없으면 어때. 네가 너만의 중심을 잡아가면 되지 않을까? 엄마가 책을 주문해 줄 테니 읽어볼래? 고민해 보고 가치관을 정립해 가면서 중심을 잡아 보면 어떨까?"

고민 끝에 고작 이 정도의 말을 했는데 아이는 그런 말은 필요 없다고, 그냥 들어달라고 했다. 엄마가 들어주는 것만으로 위로가 된다고.

한동안 둘째 아이는 나와 수시로 대화를 나누고 일상을 벗어난 사소한 환기(학원을 빼고 영화 보러 가기, 집에 늘어져 있던 시간에 외출하기, 유튜브 보기 대신 책 읽기 등)를 통해 마음속 바람을 잠재웠다.

둘째의 바람이 잠잠해졌던 작년 하반기, 중학교 졸업을 앞둔 첫째 아이에게 '힘든' 시기가 왔다. 스멀스멀 올라오던 큰아이의 사춘기가 절정에 다다랐던 반년에 가까운 세월 동안 온갖 '난리부르스'를 떨며 지냈다. 속이 터질 지경에 다다르면 잔소리했다가, 소리도 질렀다가, 서로 입장 차이를 설명하며 합의점을 찾았다가…… 이랬다가 저랬다가, 아이 마음속 바람이 내 정신까지 뒤흔든 시간이었다.

조금만 더 성실하게 살아보자던 나의 말에 첫째 아이가 "엄마, 아빠가 성공한 인생을 살고 있었다면 저절로 동기부여 돼서 열심히 살았을 거야. 엄마, 아빠를 롤모델 삼아서 열심히 공부했겠지. 그런데 엄마, 아빠가 성공한 인생을 살고 있다고 말할 수 있어? 성

실하게 공부한 결과가 이렇잖아"라고 말했다. 잠시 말문이 막혔다. 아이 입장에서 생각해 보면, 그렇게 생각할 만하다는 게 이해가 됐지만, 뭐라고 말해 주는 게 좋을지 고민스러웠다.

"네가 그렇게 생각할 수 있다는 거 이해해. 엄마가 실패한 인생을 살고 있다고 생각해? 엄마는 충분히 성공한, 행복한 인생을 살고 있는데."

"아빠는 일찍 죽었고, 그래서 엄마는 젊은 나이에 과부 됐잖아. 그런데 행복하다고?"

"아픔이 있는 건 맞지만, 그렇다고 행복하지 않은 건 아니야. 너도 알잖아. 엄마 행복하다는 거. 너도 행복한 거 아니야?"

그날 우리는 일상에서 찾을 수 있는 매일의 행복에 대해 잠시 이야기를 나눴다. 그리고 며칠이 지났던 어느 날, 친구들과의 연락이나 약속에만 신경을 곤두세우며 학원 숙제할 시간이 부족하다고 투덜대기에 "친구들하고 잘 지내는 것도 좋은데, 그 시간을 조금만 줄이고 숙제하면 어때?"라고 했더니 "나는 매일의 행복을 찾는 중이야"라고 답했다.

"매일의 행복을 찾는 건 잘하고 있는 거야. 그렇기는 하지만……."

도돌이표 같은 사춘기 녀석과의 대화가 이어지던 중에 아이가 배를 부여잡았다. 본인 속도대로 해 온 수학 학원 숙제가 조금씩 밀리더니 결국 산더미처럼 쌓였고, 그게 스트레스가 되었는지 급기야 위경련까지 온 것이었다. 배를 부여잡고 어쩔 줄 모르는 아이를 보는데 마음이 아팠다. 아이를 믿어주지 못하고 불안해했는데, 제일 힘든 건 아이였겠다는 생각에 미안했다(아이와 싸웠던 건 학업적인 부분 때문만은 아니었다). '반성 모드'가 되어 큰아이 옆에 딱 붙어 어깨를 주물렀다가, 등을 두드렸다가, 손목을 어루만졌다가, 머리를 쓰다듬어줬다. 그 순간만큼은 아무 고민 없이, 걱정 없이, 아빠의 빈자리를 느낄 새 없이 엄마의 따뜻한 손길을 오롯이 느끼기를 바랐다.

평소에는 우리 셋이서도 잘 지내지만, 마음이 흔들리는 시기가 오면 아빠의 죽음과 그로 인한 결핍이 아이들을 더 흔드는 듯하다.

내가 할 수 있는 건 지금처럼 그저 두 아이의 이야기를 들어주고, 부족하겠지만 나름의 답을 주며 든든하게 아이들 곁에 있어 주는 것, 그뿐이 아닐까 싶다.

두 아이가 너무 이른 나이에 경험한 상실, 그로 인한 결핍이 아픔이 아니라 성장의 밑거름이 되기를. 그래서 스스로를 사랑하게 되고, 롤모델 없이도 단단한 어른이 되기를 바란다.

우리만의 속도대로,
그렇게.
그러니까,
롤모델이 없어도 괜찮아.

힙한 엄마!

　지창욱이라는 인기 배우의 인터뷰 기사를 본 적이 있다. 그는 초등학생 때 아버지를 여의고 철이 들었다고 했다. 홀로 남은 엄마가 힘들까 봐, 엄마를 위해 성실하게, 열심히 살았다고. 그 기사를 보다가 '여전히 철없고 사춘기라며 당당히 반항하는 우리 집 두 아들은 대체 언제 철들지?'라는 생각을 하지 않을 수 없었다. 왜 매번 의식의 흐름은 이런 방향인 걸까?

　'엄친아'라는 말이 유행했던 적이 있다. 엄마 친구 아들의 줄임말인 엄친아는 전국의 모든 아들들이 싫어했다는 이야기를 들었다. 엄마 친구 아들은 어쩔 수 없이 비교 대상이 되니까. 나 역시 사람이기에 친구 아들이 공부를 잘한다더라, 철이 벌써 들었다더라, 그렇게 엄마를 생각하고 잘한다더라, 이런 이야기를 들으면 우리 집 두 녀석과 비교하게 됐다. 의식의 흐름대로 따라가다 보면 결국 비교하고야 만 것이다. 친구 아들과 비교하는 것으로 끝내면 좋을걸, 꼭 우리 집 아이들에게 한마디를 던졌다.

"○○는 엄마한테 그렇게 잘한다더라. 엄마 힘들까 봐 스스로 일어나서 알아서 아침밥 챙겨 먹고 등교 준비하고 학교에 간대. 너희는 깨우면 바로 일어나 주기라도 하면 좋겠는데."

입 밖으로 말이 나간 후에야 뒤늦게 정신 차리고 아이들의 눈치를 살폈다. 사춘기 녀석들은 기분이 좀 괜찮은 날에는 흘려들었지만, 기분이 영 별로인 날에는 날 선 반응을 해왔다.

"어쩌라고. 꼽 주지 마! 엄마도 똑같아. 결국 다른 애들하고 비교하는 거잖아."(꼽을 주다: 1020세대에서 사용하는 신조어로 '모욕감이나 창피함을 느끼게 하다'라는 의미를 가진 말이다)

굳이 하지 않아도 되는 말을 해서 아이들의 기분을 상하게 만들고, 후회하고 반성하게 되는 지긋지긋한 레퍼토리, 이제 좀 그만하고 싶다. 두 아이의 마음을 이해해 주겠다고 애쓰다가, 결국 잔소리를 참지 못하고는 자책하고 반성하는 게 여전한 내 일상이다.

나를 사랑하게 되면서부터 욕심내지 않는 삶을 살겠다고 다짐했으면서, 아이들에 대해서는 욕심내고 있는 이런 내 모습을 깨닫는 날이면 저절로 반성하게 된다. 남편과 사별 후 지난날 '나를 힘들게 했던' 욕심을 비워냈다던 나는, 시간이 흘러 아픔에 조금은 무뎌진 만큼, 그만큼 욕심이 다시금 차오른 모양이다. 아이의 마음이나 아이의 속도와는 별개로 나 혼자 아이에 대한 기대를 만들고 그 기대에 부응하지 못할까 봐 다시 불안해하는 걸 보니 말이다.

'엄마로서는 힙한 사람이 되기 힘든 걸까?'라는 고민을 하지 않을 수 없었다. 얼마 전, 지인에게 이런 고민을 털어놓았다.

"저는 힙한 엄마가 될 수 없는 걸까요?"

"힙한 엄마요? 수정 씨가 생각하는 힙한 엄마의 정의가 뭔데요?"

"아이가 겪는 시련에도 흔들리지 않고, 아이의 미래에 대해 불안해하지 않고, 아이를 믿어주는 평온한 마음을 가진 엄마가 '힙'하다고 생각해요."

내 말을 듣고 잠시 생각에 빠졌던 지인이 의외의 답을 줬다.

"제 생각은 좀 다른데요. 오히려 지금 이대로 수정 씨가 힙한 엄마의 모습이라 생각돼요."

"여전히 제 욕심으로 아이에게 상처 주는 일이 있는데요? 잔소리하고, 불안해하고, 걱정하고……."

"아빠가 없다고 아이들 혼내지도 못하고, 잔소리도 안 하고, 저들 원하는 대로 살게 놔두는 게 힙하지 못한 엄마 같은데요."

그날 집으로 돌아온 나는 저녁 내내, 상실 후에도 여전한 우리의 모습을 떠올렸다. 여전히 나는 두 아이를 잘 키워 보겠다고 욕심을 내기도 하고, 잔소리를 쏟아낸다. 두 아이는 변함없이 철없는 모습이다.

생각해 보니 지인의 말이 맞았다. 두 아이를 향한 사랑이 없었다면 책임감도 느끼지 않았을 것이다. 그랬다면 잔소리하지도 않았을 것이고, 아이들을 잘 키우겠다고 애쓰지도 않았을 것이다. 두 아이가 엄마의 마음을 살핀다고 정작 본인의 마음을 살피지 않았다면, 그건 더 가슴 아픈 일이었을 것이다.

변함없이 지지고 볶는 우리 셋. 어쩌면 이게 우리가 상실을 아픔으로만 품지 않고, 건강하게 소화시켜 '힙'하게 살아가고 있는 우리만의 방식이 아닐까.

> 우리만의 속도로
> '힙'하게
> 홀로서기 중.

나는, 이미 힙한 엄마였다!

Chapter 6

그럼에도 불구하고,
더 사랑하겠습니다

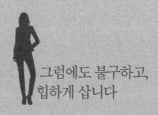

그럼에도 불구하고,
힙하게 삽니다

평안한
밤이기를

재작년 겨울, 외할머니를 병원으로 모셨었다. 노환으로 인해 몸에 기력이 다 빠져버려 거동할 수 없는 상태였다. 외할머니를 뵈러 병원에 다녀온 날 나는 종일 아무것도 할 수 없었다. 외할머니와 각별한 사이는 아니었지만, 온종일 외할머니의 입장이 되어 병상에 누워있었다.

정신은 있지만, 기력이 없어서 눈 뜨기도 힘든 상태. 눈을 감은 채로 얼마나 무서울까. 언제인지 알 수 없는 이 세상에서의 마지막을 기다리며, 서글프지 않을까. 비몽사몽 잠에 취해 아예 감정을 못 느끼려나.

어려서부터 난 이런 식으로 죽음에 대해 고민해 보곤 했다. 죽고 싶어서라기보다, 죽고 싶지 않아서. 고민하고 상상한다고 죽지 않는 방법을 알아낼 수 있는 건 아니었지만 말이다. 죽음의 순간을 상상하면 슬픔이 몰아쳐 눈물이 쏟아져 내린 날도 있었고, 공포를 느껴 철렁 내려앉은 가슴을 문질러 가며 달래야 했던 날도 있었다. 죽음은 매번 상상하는 것만으로도 아프고 무서운 것이었다.

병상에 누운 외할머니의 입장이 되어 죽음을 두려워하고, 생의 마지막을 아쉬워하고 마음 아파하다가도, 나에게 주어진 일상을 살다 보면 금세 잊었다. 건조기에서 빨래를 꺼내 개고, 청소기를 돌렸다. 재활용 쓰레기를 버렸고, 식사 시간이 되면 아이들 밥을 챙겼다. 아이들 학원 갈 시간이 되면 라이드 했고, 집으로 돌아와서는 멈춰뒀던 넷플릭스 드라마를 재생시켰다. 귀가한 아이들과 대화를 나눴다가, 카톡 단톡방에서 친구들과 수다를 떨었다. 뭐가 재밌었는지, 깔깔대고 웃었다.

그러다가 외할머니 생각이 났다. 가슴이 덜컹 내려앉을 만큼, 상상만으로도 무서운 죽음이 코앞으로 다가온 외할머니를 두고 아무렇지 않게, 아무 일 없는 듯 나의 일상을, 내 삶을 살아서 죄송했다. 외할머니 생각을 하다 보면, 친할머니 생각이 났다.

재작년, 은행잎 물들었던 가을 어느 날, 친할머니가 돌아가셨다. 오래오래 건강하게 살 줄 알았던 우리 할머니가 갑자기 돌아가셨다. 아흔, 결코 적은 연세가 아니었지만, 할머니의 죽음이 갑작스럽게 느껴졌다. 장례를 치르는 동안 울기도 하고 슬퍼하기도 했지만, 대체로 무덤덤했다. 잠든 할머니의 차가운 얼굴을 어루만질 때는 남편의 얼굴에 손을 댔을 때와 비교도 안 될 만큼 차분했다. 한 줌의 재가 된 할머니를 알아볼 수 있는 흔적이라고는 불타지 않고 남은 임플란트뿐이었다. 유리창 너머로 보이는 할머니의 유일한 흔적에 나는 주저앉거나 통곡하지 않았다. 남편 때와 다르게 그렇게 담담했다. 우는 언니의 손을 잡아줬고, 어린애처럼 엉엉 우는 아빠를 안아줬다.

일 년이 지났지만, 할머니가 이 세상을 떠나갔다는 게 아직도 실감 나지 않는다. 마음만 먹으면 할머니 얼굴이 그려졌고 목소리가 들려왔다. 전화를 걸면 "수정이냐?" 하고 받을 것 같았고, 전화를 끊기 전에 "사랑한다"라고 말할 것 같았다. 그래서일까, 슬프지 않았다. 아프지도 않았다. 할머니가 더 이상 이 세상에 없다는 게 정말이지 실감 나지 않았다. 할머니의 죽음을 인정하려면 시간이 더 필요한가 보다.

남편이 없는 현실에 적응해서 살고 있지만, 불현듯 남편의 죽음을 실감하는 순간이 있다. 추모 공원에 갔을 때도 그렇지만, 길을 걷다가 갑자기 그런 순간이 오기도 하는데, 그럴 때면 이런저런 상상을 해 보게 됐다. 지금쯤이면 머리가 하얗게 세기 시작했을까,

얼굴엔 주름이 지기 시작했을까…… 그뿐이었다. 가슴에 장착되었던 쓰라림이 언제부터인가 느껴지지 않았다. 가끔 눈물이 나기는 했지만, 아프지는 않았다. 앞에서도 말했지만, 남편과 함께했던 시절의 나와 지금의 나는 다른 세상에 존재하는 사람인 것만 같다. 원래부터 내 삶에 남편 없이 두 아이만 존재했던 것 같다. 이렇게 그가 없는 삶에 익숙해져 버렸다.

외할머니가 병원에 입원해 있던 지난 1년 동안 나는 수시로 외할머니를 생각했고, 그러다 보면 할머니와 남편 생각까지 이어졌다. 무서웠다가, 실감 나지 않았다가, 낯설어했다. 그러다가도 아무렇지 않게 나에게 주어진 일상을 살았고, 매일 밤 외할머니가 평안한 밤을 보내기를 기도했다. 죽음에 대한 공포, 이 세상에 대한 미련, 그로 인한 슬픔도 없이, 마음에 아무 거리낌이 없이 평온하고 안락한 꿈을 꾸는 밤이기를…….

가슴에 장착되었던 쓰라림이 언제부터인가 느껴지지 않았다.
가끔 눈물이 나기는 했지만, 아프지는 않았다.

여전히
겁이 나

매일 세 번, 친정엄마에게 전화한다. 특별한 이유가 있어서가 아니고 매일 아침, 오후 그리고 저녁에 친정엄마와 통화하는 것이 삼시 세끼 밥을 먹는 것처럼 당연한 일과가 되어버렸기 때문이다.

며칠 전 아침, 집 근처 공원에서 산책하고 있을 시간인 엄마에게 전화를 걸었다.

"깔깔깔깔."

함께 산책하는 친구분과 대화 중 웃음이 터졌던 엄마가 내 전화를 받고서도 웃음을 그치지 못했다.

"여보세요? 엄마?"

"깔깔깔깔. 수정아."

"뭐 재밌는 이야기 중이었어?"

"응."

"알겠어. 이따 다시 전화할게요."

소녀 같은 엄마의 웃음소리에 나까지 기분이 덩달아 좋아졌다. 엄마의 '빵' 터진 이런 웃음소리를 들은 게 오랜만이었다. 사춘기에 접어든 두 아들 녀석의 웃음소리도 귀하다 생각했지만, 엄마의 웃음소리가 더 귀한 것 같은 요즘이다. 어른이 되고, 엄마가 되고, 할머니가 되면서 마음 써야 할 일도, 신경 써야 할 일도 많아지다 보니 이렇게 어린아이처럼 소리 내서 웃을 일이 많지 않은 듯하다.

매일 듣는 엄마의 목소리였지만, 해맑은 소녀처럼 웃음이 터진 엄마의 목소리는 생소하게 느껴졌고, 그만큼 더 소중하게 느껴졌다. '엄마의 웃음소리가 훗날 언젠가는 그리워지겠지'에서부터 시작된 생각이 죽음에 대한 것까지 이르자 가슴이 철렁, 하고 내려앉았다. 고개를 저어가며 황급히 생각을 멈췄다. '나를 행복하게 한 소중한 엄마의 웃음' 딱 거기까지의 생각으로 마무리하고 싶었다.

아침부터 들려온 엄마의 웃음소리 덕분에 종일 기분이 좋았다. 아이를 학원에 태워다 주고 집에 오는 길, 평소대로 친정엄마에게 전화를 걸었다.

"전원이 꺼져 있어 음성사서함으로 연결됩니다."

통화연결음이 아닌 전원이 꺼졌다는 음성이 들려왔다. 가슴이 철렁했다. 예상했던 통화연결음이 아니어서였을까, 불안했다. 평범하지 않은, 예민한 이 불안함은 갑작스레 남편과 사별한 후에 나에게 남은 후유증 같은 것이다.

"후우."

깊게 숨을 마시고는 길게 내뱉었다. 그러고 나면 불안함이 조금은 달래질까 싶었지만, 여전히 심장이 요란하게 두근댔다. 몇 분 후에 다시 전화를 걸었다.

"전원이 꺼져 있……."

이번에는 음성을 끝까지 듣지도 않고 통화 종료 버튼을 눌러버렸다. 끝까지 들었다가는 심장이 터져버릴 것만 같았다. 가쁜 숨을 몰아쉬며 아빠에게 전화를 걸었다.

"아빠. 몇 시간째 엄마 핸드폰이 꺼져 있다고 그래서."

"그래? 아빠 퇴근하는 길이니까 도착하면 연락할게. 집에 있겠지."

엄마는 집에 없었고, 그 후로 한참이나 연락이 되지 않았다. 죽음에 대한 공포가 엄습했고, 숨이 안 쉬어지는 답답함을 느꼈다. 꽉 막힌 가슴을 두드려 가며 엄마 동네 친구분들께 연락했다.

"별일 없을 거야. 걱정하지 마, 수정아."

"네, 알겠습니다."

극도로 불안해진 나는 발까지 동동 굴러가며 엄마 핸드폰으로 통화 버튼을 눌렀는데, 드디어 통화연결음이 울렸다!

"여보세요? 아이 뭘 이렇게 여러 번 전화했어."

"엄마 도대체 뭐한 거야! 몇 시간이나 전원이 꺼져 있어서 너무 놀랐잖아!"

"뭘 놀라. 엄마 갑자기 친구랑 영화 보느라고. 영화 끝나고 나서 전원 켜는 걸 깜박했어."

별일 아니었지만, 나에게는 큰일이었던 몇 시간 동안의 '해프닝'은 그렇게 끝났다.

어릴 때부터 죽음에 대한 두려움이 컸던 나는 남편의 죽음을 경험하고 그에 대한 불안과 공포가 더 커진 듯하다. 상실 후의 삶에는 잘 적응했지만 말이다.

어머님과 반나절 연락이 닿지 않았던 날에도 나는 이렇게 호들갑을 떨었더랬다. 아버님께 연락했는데, 아버님도 연락이 안 된다는 말에 가슴이 또 철렁. 죽음에 대한 두려움이 몰려오기 시작하던 찰나 어머님에게서 연락이 왔다.

"무음으로 해놓고 다녀서 몰랐다."

어머님의 씩씩한 목소리에 울컥했고, 나는 솔직한 마음을 전했다.

"걱정했어요, 어머님. 밝고 씩씩하게, 건강하게 살아주셔서 감사합니다."

"너도 씩씩하게 잘 살아줘서 고맙다."

별일 아니었는데, 또 나에게는 큰일이 일어났던 날이었다.

가족이나 친구와도 연락이 되지 않으면 불안해지고, 특히 두 아이와 연락이 안 되면 나는 순식간에 공황 상태에 빠져버린다. 단단해졌다지만, 죽음에 대한 두려움은 여전히 사그라지지 않는다.

해맑은 소녀처럼 웃음이 터진
엄마의 목소리는 생소하게 느껴졌고,
그만큼 더 소중하게 느껴졌다.

강인함의
한계

상실 후에 나는 살면서 겪게 되는 다양한 '어이가 없는' 상황이나 불쾌한 상황에서도 웃어넘길 수 있는 여유가 생겼다. 힘이 넘치는 첫째 아이의 힘 조절 실패로 차 앞 유리가 와장창, 깨졌을 때도 당황스러웠지만 한편으로는 이렇게까지 힘 조절이 안 된다는 사실에 어이가 없었다. 놀라서 눈치를 살피던 아이에게 안 다쳤으니 다행이라며 "너 이거 다른 집이었으면 빠따감이야, 알지?" 하고 웃어넘겼다.

새로 부임한 경비 아저씨는 나를 만만하게 본 건지, 재활용 쓰레기를 버릴 때마다 괜히 와서 참견하며 툴툴댔고, 원래 계시던 아저씨께서 도맡아 해주셨던 일까지 나더러 알아서 하라고 했다. 이 광경을 우연히 목격한 같은 라인 주민 아주머니께서 경비 아저씨 왜 저러냐고 했을 정도다. 불쾌했지만 날씨가 더워서 힘드셨을까 싶었고, 시원한 비타민 음료를 한 박스 사다 드리면서 "날 더워서 많이 힘드시죠? 이거 드시고 힘내세요"라고 응원의 말을 건넸다. 아저씨는 당황스러운 표정을 짓다가 이내 환하게 웃었다. 그 후 아저씨는 우리 동 주민 누구에게보다 나에게 가장 친절하다.

친정엄마와 통화할 때 첫째 아이가 차 유리를 깬 이야기나 불친절한 경비 아저씨에 대해 이야기했는데, 그때 엄마는 "네가 큰일 겪고 나니까, 이런 일은 별일도 아니지?"라고 했다. 정말 그런 것 같다. 상실 후 단단해졌고, 내 마음은 그만큼 여유로워졌다.

하지만 죽음으로까지 순식간에 이어지는 '꼬꼬무(꼬리에 꼬리를 무는 생각)'는 매번 나를 극도의 불안으로 이끌었다. 아이가 조금만 아파도 꼬리를 무는 생각으로 스스로 불안을 키웠고, 연락이 닿지 않을 때만큼이나 마음을 졸였다. '상실 후유증'이라 이름 붙인 이 비정상적인 불안은 지금까지도 나에게서 떠나지 않고 있다.

코로나가 유행하기 시작하던 때의 일이다. 이제는 감기 정도로 여겨지지만, 그즈음에는 코로나에 대한 공포가 컸다. 확진 판정을 받으면 방호복을 입은 의료진에 의해 격리되는 것에서부터 시작해, 어떠한 심각한 증상으로까지 이어질지 쉽사리 예측하기 어려웠다. 감기 기운에 약을 먹고 잠든 둘째 아이가 뒤척여 혹시나

하는 생각에 열을 재보니 고열이 나고 있었다. 아이를 깨워 해열제를 먹였다. 아이는 금세 잠들었지만, 앓는 소리를 내는 아이 걱정에 나는 잠을 이룰 수가 없었다. 밤새 열을 체크하고 열이 오르면 물수건을 해줬고, 팔다리를 주물러 줬다. 아이가 크게 앓지 않기를 기도하는 마음을 담아서. 코가 잔뜩 막힌 답답한 숨소리만 적막한 새벽을 채웠다. 밤새 얼마나 불안했는지 모르겠다. 열이 더 오를까 봐, 더 아플까 봐.

'코로나면 어쩌지.'

불안한 생각이 꼬리를 물어, 나를 그 속에 가뒀다. 그날 나는 불안의 굴레 속에서 잠을 이루지 못했다. 다음 날 아이가 코로나 음성판정을 받았어도, 아이의 몸이 회복될 때까지 마음의 평온을 찾지 못했다.

불안은 매번 스스로 마음을 다스리며 단단해졌다고 생각했던 나에게 착각하지 말라고 하는 것 같았다. 수시로 마음산책을 하고 마음을 단련해 왔는데, 왜 불안은 자꾸 나를 괴롭히는 걸까. 왜 이렇게 수시로 나에게 오는지 물어보고 싶었지만, 굳이 입을 열어 묻지 않았다. 답해주지 않을 거라는 걸 알았다. 내가 스스로 찾아야 할 답이었다.

소중함, 나에게 소중한 존재일수록 불안을 품는 대상이 되었고,

불안의 근원을 찾아 거슬러 올라가다 보면, 결국은 죽음에 대한 두려움이었다. 사랑이라는 감정을 오롯이 느끼면 될 텐데, 동시에 불안해질 수밖에 없었던 건, 그것을 지켜내고 싶은 마음 때문이었다. 소중한 아이의 건강이 지켜지지 못할까 봐, 소중한 걸 잃게 될까 봐 일어나지 않은 상황까지 생각하며 걱정하고 불안해했다.

니체가 인간은 유리잔을 나올 수 없는 파리라고 했다. 인간의 사유를 통해 경험할 수 있는 해석의 세계는 인간 경험의 한계이고, 경험의 한계가 바로 인간 자체의 한계라는 것이다. 처음부터 한계가 있지만 그걸 깨닫지도 못하며, 이것은 인간이기에 짊어진 숙명이라고 했다. 그 말이 힘이 됐다. 죽음에 대한 공포가 나만 가진 유난스럽고 특이한 한계라고 생각했다. 내가 아무리 '힙'해졌다고 해도 이 한계는 끝내 극복할 수 없는 걸까, 하는 생각에 더 불안해지곤 했다.

크고 작은 시련을 경험한 후, 이제는 흔들리지 않을 만큼 단단해졌다고 생각했지만, 인간이기에 한계가 있을 수밖에 없는 것이었다. 아무리 날갯짓한다고 한들, 유리잔을 벗어날 수 없는 것이었다. 나여서 가진 한계가 아니라, 인간이기에 가진 한계를 극복할 필요가 없는 것이다. 애초에 극복 불가능한 것이기에. 이제는 죽음에 대한 불안을 벗어나기 위한 날갯짓을 하지 않아 볼 생각이다.

그럼에도 불구하고,
힙하게 삽니다

나는
유리잔을
나올 수 없는
파리.

원래부터, 결국에는,
혼자

외할머니께서 병상에 누워지낸 지 1년 만에 세상을 떠나셨다. 할머니의 부고 소식을 듣고 한동안 아무것도 할 수 없었다. 무서웠고, 슬펐다. 가만히 눈을 감고 호흡을 가다듬었다. 할머니가 세상을 떠나던 순간 평온하셨기를 바랐고, 고인의 명복을 빌었다.

누군가의 부고 소식을 들을 때면, 죽음의 문턱을 넘는 그 순간을 상상하게 되는데, 형용할 수 없는 두려움과 슬픔에 몸서리치게 된다. 겪어보지 않은 일이기에 무섭고, 사랑하는 사람과 이별할 생각에 슬프지만, 그 순간은 온전히 나 혼자이기에 더 두렵고 겁이 나는 듯하다.

죽음이 슬프고 두려운 세 가지 원인을 제거한다면, 평온한 마음으로 죽을 수 있을까? 그러면 내가 품고 있는 죽음에 대한 슬픔과 공포가 사라질까?

겪어보지 않은 일이라 더 무섭다

'죽음이 몇 분 후로 다가왔을 때는 이런 감정이 들 것이고, 이 정
도의 고통이 있다. 그리고 죽음의 문턱을 넘을 때는 이런 감정이
들 것이고, 이 정도의 고통이 있다. 사후에는 이런 감정이 들 것이
고, 더 이상의 고통이 없다.'

경험으로 인해 나에게 축적된 이런 데이터가 있다면 죽는 게 무
섭지 않을까? 경험해 봤기에, 예상 가능하기에 두려움이 덜해지는
일도 있겠지만, 경험해 본 일이 더 무서운 일도 있다. 첫째 아이 때
보다, 둘째 아이 출산을 앞두고 있었을 때 두려움이 훨씬 컸다. 첫
째 때는 들은 이야기로만 아프겠다, 힘들겠다 예상했을 뿐이지 몸
소 겪은 일이 아니었기에 막연한 두려움이었다. 둘째 출산을 앞두
고는 구체적인 고통의 데이터가 몸에 있었기에 막연한 두려움이
아닌 구체적인 두려움이었고, 그 크기가 컸다.

결국 죽음을 겪어보지 않은 일이라고 해서 더 무서워할 건 아니
겠다는 생각이 든다.

죽으면, 사랑하는 사람과 이별하게 되기에 슬프다

이 세상에서의 이별이라고 덜 슬플까? 곰곰이 생각해 보면 이별

은 언제나 아프고 슬프다. 이별의 대상이 이 세상에 살아있다고 해도, 이별했다는 건 이 세상에서 다시는 볼 일이 없다는 것이니까. 우연히 마주치게 되는 사고 같은 순간이 있기는 하지만, 말 그대로 우리의 의지로 일어나는 일이 아니라 '사고' 같은 일이다. 이별이든 사별이든, 헤어짐은 언제나 고통스러울 만큼 슬픈 것이다.

결국 죽음으로 인한 이별이 더 슬픈 건 아닐지도 모르겠다.

죽음의 순간을 맞이할 때, 온전히 나 혼자이기에 더 무섭다

평균 수명의 절반쯤 살아온 내 인생을 돌이켜 보니 혼자가 아니었던 적은 없었다. 쌍둥이였어도 엄마의 자궁에서부터 세상 밖으로 나오는 순간은 오롯이 나 혼자였다. 첫걸음을 떼던 순간, 수학능력시험을 치르던 때에도, 입사 면접을 보던 때에도, 아빠 손을 잡고 신부 입장하던 때에도, 그리고 아이를 낳던 순간에도 혼자였다. 주변에 사람은 있었지만, 오롯이 나 스스로 경험하고 감당해야 할 순간이었다.

나는 원래부터 혼자였다. 나에게 주어진 일생을 살면서 나와 함께하는 수많은 인연이 있겠지만, 마지막에도 역시 나 혼자일 것이다.

결국 죽음의 순간을 맞이할 때 온전히 혼자라서 더 무서워할 건 아니겠다.

힙한 과부의 '죽음과 두려움'에 대한 나름의 고찰이었다. 아니, 털어내려 해도 진드기처럼 내 안에 붙어있는 죽음에 대한 두려움을 조금이라도 줄여보려는 나만의 발버둥이라고 해 두자.

결국 죽음을 겪어보지 않은 일이라고 해서
더 무서워할 건 아니겠다는 생각이 든다.

사랑하겠습니다

　일 년에 한두 번쯤 그런 날이 있다. 미처 흘러 나가지 못한 채 한동안 마음에 쌓여 있던 감정의 노폐물이 눈물이 되어 쏟아져 나오는 날. 그렇게 눈물을 쏟고 나면 마음이 한결 편해진다. 눈물과 함께 흡수되지도 배출되지도 못했던 부정적인 감정들이 흘러 나가는 것이다.

　바람에 여린 날갯짓하는 자주색 들꽃을 봤던 날도 그런 날이었다. 집 근처 산을 산책하던 중이었는데, 오랜만에 재생시킨 드라마 '스물다섯 스물하나' OST가 마음을 자극했다. 눈물이 고이기 시작했고, 희미해진 시야 속으로 자주색 꽃이 들어왔다. 이어폰에서 흘러나오는 노래에, 눈물로 흐릿해진 시야에, 한꺼번에 흘러나온 감정에 사로잡혀 외부와는 철저히 차단된 채 온전히 혼자가 되는 시간이었다. 잠시나마 그 찰나의 감성에 젖어 눈물을 쏟아낸 후에는 순식간에 소용돌이쳤던 마음이 평온해졌다.

그제야 나비를 연상시킨 꽃의 이름이 궁금해졌다. 검색해 보니 이름은 '자주달개비', 꽃말은 '사랑할 수 없습니다'였다. 해가 뜨면 꽃이 피고, 해가 지면 꽃이 져서 반나절만 꽃을 볼 수 있기에 붙여진 꽃말이라고 했다. 꽃 피운 순간을 볼 수 있었던 게 마치 행운처럼 느껴졌고, 그게 소소한 행복으로 다가온 순간이었다.

자주달개비를 보느라 멈췄던 발걸음을 다시 옮기기 시작했다. 코스모스, 들국화, 자주달개비 그리고 이름을 알 수 없는 꽃까지, 여기저기 들꽃 천지였다. 그냥 지나칠 수 없을 만큼 아름다운 광경이었다. 지금 이렇게 예쁘다가 머지않아 지는 것이 당연하고 자연스러운 일이라는 걸 알았지만, 왠지 아쉬운 마음이 들었다. 눈으로만 담다가 핸드폰 카메라를 열어 사진첩에 담았다. 한참 카메라 셔터를 누르다가 문득 이런 생각이 들었다.

'아름다운 들꽃은 결국 지기 위해 이렇게 꽃피운 것이고, 나 역시 결국에는 죽기 위해 태어난 것이구나.'

갑자기 가슴이 답답하고, 숨이 막히는 증상이 나타날 때가 있다.

이 증상은 주로 밤에 누워있을 때 나타난다. 병원에 가서 이런저런 검사를 받았는데 신체적으로는 문제가 없었고, 공황장애라는 진단을 받았다. 내 생각에 공황장애는 내가 앞에서 말한 '상실 후유증'으로 인해 생긴 것이다.

나는 어릴 때부터 불안이 높았고, 특히 죽음에 대한 두려움이 큰 편이었다. 내가 초등학생이었을 때 엄마가 자주 아팠다. 크게 아픈 건 아니었지만, 두통이나 소화불량을 달고 살았다. 엄마가 아프다고 하면 걱정이 됐고, 그러다 보면 엄마가 아파서 죽게 될까 봐 불안해졌다. 사랑하는 엄마가 세상을 떠나면 영영 만나게 되지 못할 거고, 그건 너무나 슬픈 일이었다. 상상하는 것만으로도 가슴이 아프고 눈물이 날 만큼이나. 그 이후로 죽음에 대한 두려움이 생겼다. 죽음은 언제 떠올려도 무섭고 슬픈 것이었다.

그러다가 남편의 죽음을 현실로 마주했다. 이별과 상실로 인한 아픔은 어느 정도 치유됐지만, 죽음에 대한 공포는 잦아들지 않고, 도리어 더 커진 듯하다. 두 아이와 연락이 닿지 않거나, 일과를 마치고 누웠을 때 불현듯 죽음에 대한 공포가 찾아오고, 어김없이 숨 쉬는 게 불편해진다.

이렇게나 죽음이 무서운 나지만, 결국 나는 죽기 위해 태어난 것이라는 걸 안다. 아무리 건강하게 잘 살아도 언젠가는 죽을 수밖에 없다. 나뿐 아니라, 모든 사람이 그렇다. 예쁘게 핀 들꽃도, 화려하게 물든 은행잎도 마찬가지다. 모두가 마침내 죽기에 살아 있는 지금이 아름답고 소중하다. 반대로 지금이 영원하지 않기에 다행이기도 하다. 행복한 순간은 영원하지 않기에 그만큼 더 귀하고, 아픈 순간 역시 영원하지 않기에 다행이다.

여전히 죽음이 두렵다. 하지만 그것이 내 인생의 종착지이기에, 결국 이 세상에서 지겠지만, 그래서 '사랑할 수 없다'가 아니라 나 자신을, 두 아이를, 가족을, 친구들을 '사랑할 수 있다.'
아니, "사랑하겠습니다." 살아있는 동안만큼은 더 평온하고, 더 행복할 수 있도록.

그럼에도 불구하고,
힘차게 삽니다

사랑할 수 있습니다.
아니
사랑하겠습니다.

어느덧, 나의 네 번째 에세이 에필로그를 쓰고 있습니다. 이 책을 통해 저와 처음 만나는 독자도 있을 테고, 지난 책을 통해 이미 저와 마음을 나눈 독자도 있을 겁니다. 제 이야기를 읽으며 마음을 나눠주셔서 감사합니다. 진심으로, 많이 감사드립니다.

지난 세 권의 에세이를 쓰는 동안에는 아픈 순간도 있었지만, 이번 책을 쓰는 동안에는 오롯이 즐거웠고, 행복했습니다. '4부. 우리만의 속도로 홀로서기 중'을 쓸 때는 눈물이 조금 나기도 했지만요. 여전히 아파서 눈물이 났던 건 아니고, 상실 직후에는 내가 많이 힘들었구나, 지금은 참 많이 치유되었구나, 하며 지난날의 제가 안쓰러워서, 지금의 제가 기특해서 눈물이 난 듯해요.

살다 보면, 행복한 날도, 죽을 만큼 힘든 날도 있더라고요. 행복하든, 불행하든 살아 있기에, 우리는 우리에게 주어진 '하루'를 살아가야겠지요. 이왕이면 우리의 하루를 행복하게 살아가요. 나를 사랑하며, 내 삶을 아껴주며.

나를 사랑해 주다 보면, 저절로 곁에 있는 행복이 보이기 시작하더라고요. 행복이 잘 보이지 않는다면, 본문에서 말한 '그럼에도 불구하고' 공식에 대입해 보세요. 결론은 '나는 행복하다'에 도달할 거예요.

이제 남편과 사별, 상실 그 후 이야기는 그만 쓸 생각이에요. 이 책이 사별로 인한 아픔과 치유, 그 완결판이라고 할 수 있습니다.

새롭게 쓰고 싶은 이야기가 생겼어요. 연애 에세이나 여행 에세이를 쓰고 싶어요. 아들 둘 가진 중년의 연애 이야기, 중년에 홀로 떠나는 여행 이야기, 생각만 해도 설레지 않나요? 제 연애와 여행을 응원해 주세요.

언제가 될지는 모르겠지만, 두 아이가 모두 성인이 되기까지 5년이 남았으니 아마 5년 이상은 걸릴 듯하지만, 연애나 여행 이야기를 담은 제 다섯 번째 에세이가 나오는 그날까지, 우리 함께 어제보다 나를 더 사랑하는 오늘을 보내기를, 행복한 오늘을 보내기를 약속해요.